CONTES DE PROVENCE

Paul Arène

Copyright pour le texte et la couverture © 2023 Culturea
Edition : Culturea (culurea.fr), 34 Hérault
Contact : infos@culturea.fr
Impression : BOD, Norderstedt (Allemagne)
ISBN :9791041830480
Date de publication : juillet 2023
Mise en page et maquettage : https://reedsy.com/
Cet ouvrage a été composé avec la police Bauer Bodoni
Tous droits réservés pour tous pays.

Le fifre rouge

« Hé ! petit fifre, que fais-tu là ? cria le sergent La Ramée qui s'en allait à la ville voisine quérir la fricassée d'un porc, pour le réveillon du colonel.

– Voici ce que c'est, monsieur le sergent, répondit le petit fifre : Sa Majesté le Roi se trouvant dans un besoin pressant d'argent et désirant offrir un château tout neuf en étrennes à sa nouvelle reine, il a été décidé par la Cour des comptes que le régiment, musiciens et soldats, ne toucheraient pas encore de solde ce mois-ci. Alors, comme mère-grand est pauvre et que je n'avais pas un liard en poche pour lui acheter son dinde à Noël, je suis venu jusqu'à la courtine casser la glace du fossé et voir s'il n'y aurait pas moyen de pêcher un plat de grenouilles.

– Compte là-dessus ! dit La Ramée. En hiver, les grenouilles dorment.

– Je le sais bien, répondit le petit fifre, mais le ciel est bleu, malgré la gelée ; peut-être que ce beau soleil les réveillera ! »

Et tandis que le sergent La Ramée reprenait sa route en grommelant, le petit fifre, avec courage, se remit à casser la glace.

Ce petit fifre, qui aimait tant sa mère-grand, était bien le plus joli petit fifre que l'on pût rencontrer. Pas plus haut qu'une botte et vêtu de rouge, du tricorne aux guêtres, comme tout le monde au régiment, il avait si bonne grâce, avec ses yeux bleus et ses cadenettes, à siffler des airs, en marquant le pas, devant les hallebardiers barbus, que pour le voir passer, dans les entrées de ville, les dames aux fenêtres oubliaient de regarder le tambour-major.

Presque autant qu'aux rythmes guerriers, le fifre s'entendait à la pêche aux grenouilles. Aussi quand la glace fut percée, le trou déblayé et qu'un joli rond clair apparut, le fifre eut-il bientôt fait d'improviser sa ligne avec un peu de fil qu'il avait apporté et un roseau sec qu'il coupa. L'appât seul manquait au bout du fil. D'ordinaire, notre pêcheur ne s'en inquiétait guère, se servant pour cela du premier coquelicot venu, car les grenouilles sont goulues au point que tout objet rouge les attire. Mais les coquelicots ne fleurissent pas sous la neige et vainement il en chercha quelqu'un d'attardé, le long des glacis, dans l'herbe transie.

Il allait partir, fort ennuyé, quand précisément, au-dessus de l'eau, une grenouille leva la tête. Paresseuse, comme endormie, elle posa ses pattes de devant sur les bords, ouvrit l'un après l'autre ses jolis yeux d'or au soleil, puis gonfla doucement sa gorge blanche, et poussa un léger *coax* auquel, par-dessous la glace, dans toute l'étendue des fossés gelés aussi vastes qu'un grand étang, d'autres *coax* lointains répondirent.

« Ce doit être la mère des grenouilles, se dit le petit fifre, qui n'avait jamais vu une grenouille si grosse ; quelle occasion et quel dommage de la laisser échapper ainsi ! »

Tout à coup il eut une inspiration :

« Si je prenais, en guise d'appât, la patte qui serre mon haut-de-chausses ? Elle est en beau drap rouge d'ordonnance, et certes ! les grenouilles y mordraient. »

Aussitôt dit, aussitôt fait ; et la patte en drap rouge d'ordonnance se met à danser sur l'eau claire, qu'égayait un joyeux rayon, devant le nez de la grenouille. La grenouille mord, le pêcheur tire, le fil casse, et la grenouille plonge, emportant le drap. Par bonheur, la patte était double : on pouvait hasarder la seconde moitié. La grenouille reparaît sur l'eau, mord encore, le fil casse encore, et la seconde moitié va rejoindre la première.

« Bah ! songea le pêcheur, quel mal y aurait-il à couper un tout petit morceau de ceinture ? Personne ne viendra regarder sous les basques de mon justaucorps. »

Et, tirant son couteau, il coupa un petit morceau de ceinture que la grenouille, hélas ! emporta comme les autres, et puis encore un, et puis un encore plus bas ; puis il entama le gras des chausses, tant qu'à la fin, la nuit arrivant, il s'aperçut que sa chemise flottait et que l'énorme échancrure petit à petit faite au drap laissait largement passer la bise.

Le sergent La Ramée, qui revenait par là avec une charge de victuailles, trouva le malheureux petit fifre assis sur son derrière et pleurant.

« Qui est-ce qui m'a fichu un soldat qui pleure ? »

Pour toute réponse, hélas ! le petit fifre se dressa et se retourna.

« Mauvaise affaire ! murmura le vieux La Ramée, après avoir

longuement considéré le corps du délit : détérioration d'effets d'équipement et d'habillement fournis par le gouvernement, c'est un cas de conseil de guerre ! »

Puis, ces mots prononcés, il s'en alla en reniflant les poils de sa moustache.

Le petit fifre pleura plus fort. Il se voyait déjà arrêté quand il passerait le pont-levis, mis dans un cachot noir, amené, entre deux gendarmes, devant ses juges. Vainement il essayait de les attendrir, disant :

« Ce n'était pas pour moi, c'était pour apporter un plat de grenouilles à grand-mère, qui est vieille et pauvre et n'a pas de quoi faire son réveillon. »

Le Code militaire restait inflexible. On le dégradait, on lui brisait son fifre et sa petite épée, on le conduisait dans une prairie où, deux mois auparavant, il avait défilé avec la garnison, musique en tête, devant un conscrit fusillé... Alors, songeant à sa grand-mère, transi par le froid, la tête perdue, il eut comme l'envie de mourir tout de suite et se laissa glisser sur le sol gelé vers le trou d'eau noire où déjà des étoiles luisaient...

Dans quel merveilleux paysage le petit fifre se trouva ! À perte de vue les voûtes de glace laissaient filtrer une lumière blanche et douce ; et de longues herbes vêtues de cristal, montant du fond en fines colonnettes, puis s'emmêlant aux mousses des bords toutes frangées de barbes d'argent, formaient mille promenoirs à jour et des architectures brodées les plus magnifiques du monde. À droite, à gauche, le long des berges, dans les petites grottes, – trous de rats aquatiques ou d'écrevisses, que font sous l'eau les racines et la terre éboulée, – des grenouilles de toute espèce, en nombre innombrable, dormaient. Il en remplissait d'immenses paniers qu'il destinait à mère-grand... Le conseil de guerre ne l'effrayait plus. Il ne se rappelait plus que vaguement le désastre de son haut-de-chausses. Une seule chose l'étonnait un peu : d'avoir si chaud sous la glace et dans l'eau... Puis il se sentit très heureux et comprit qu'il allait dormir comme les grenouilles.

Le petit fifre dormit longtemps. Tout à coup une voix connue l'éveilla : c'était la voix de mère-grand :

« Chut, disait-elle, il ouvre les yeux... Oh ! le méchant garçon qui vous fait des transes pareilles ! »

Le petit fifre fut repris de peur quand il aperçut au pied de son lit les yeux embroussaillés et les longues moustaches de La Ramée.

« Le haut-de-chausses ! le conseil de guerre !... Ne me laissez pas emmener !... »

Et il s'accrochait avec désespoir au casaquin de sa grand-mère. Mais sa grand-mère le rassura : ce bon La Ramée l'avait tiré de l'eau, à moitié gelé et tremblant la fièvre, puis il avait raconté l'aventure au colonel, et le colonel attendri venait précisément d'envoyer, par un homme à cheval, une aune de boudin, pour le réveillon, avec une paire de chaussures neuves.

Le boudin chantait dans la poêle, des chausses intactes pendaient à un clou. Et voilà, telle que ma nourrice me l'a apprise, l'histoire du petit fifre rouge qui, par amitié pour sa grand-mère, pêchait les grenouilles à Noël.

« Ah ! mon pauvre homme, mon pauvre homme, si tu fusses né sans bras ni jambes, notre porte aurait des clous d'or ! »

Ainsi disait Tardive à Jean Bénistan, un soir d'hiver au coin de l'âtre, pendant que les enfants dormaient ; et Jean Bénistan ne trouvait rien à répondre, car depuis longtemps, par sa faute, les affaires du ménage ne florissaient guère.

Non pas que Bénistan fût paresseux ou mauvais homme, au contraire, seulement rien ne lui réussissait.

Sobre, actif, debout avant l'aube, on ne rencontrait que lui par les chemins et par les rues, préoccupé, flairant le vent, et cherchant, là-haut, dans les nuages, un moyen de faire fortune. Généralement, il trouvait une idée chaque matin, – car l'esprit ne lui manquait pas, – des idées superbes. Tout, d'abord, allait à merveille. Mais au dernier moment, les dépenses faites, les choses bien en train, quand il n'y avait plus qu'à recueillir les bénéfices, crac ! une catastrophe survenait, et adieu nos projets, adieu nos espérances... Jean Bénistan avait beau se lever de bonne heure, je ne sais quel mauvais génie se levait toujours avant lui.

Par exemple, Bénistan avait remarqué que les gens de son endroit, pour aller aux foires et marchés, faisaient un grand détour à cause de la rivière. Il imagina en conséquence de vendre une de ses terres et de construire, avec l'argent, un bac dont il serait le passeur. Le bac fut vite achalandé, les doubles deniers semblaient pleuvoir du ciel, et Bénistan se croyait déjà riche, quand les moines du couvent voisin, ayant reconnu que la spéculation était bonne, établirent, à un quart de lieue au-dessus, un pont de pierre assez large et assez solide pour porter chevaux et charrettes, de sorte que, abandonné de tous, le bac du pauvre Bénistan finit par pourrir dans les saules.

Une autre fois, Bénistan qui, après un certain nombre d'entreprises pareilles, toujours commençant bien et toujours tournant mal, ne possédait plus, pour toute ressource, qu'un rocher pelé dont les huissiers n'avaient pas voulu, Bénistan essaya d'y cultiver des ruches.

« Les abeilles se réveilleront là comme chez elles, et leur miel sera bon à cause des lavandes. »

Tout l'hiver, Bénistan travailla à installer dans les abris de son rocher des troncs d'arbres creux coiffés en guise de toit de grosses pierres plates qu'il lui fallait aller chercher très loin, derrière les collines ; et, quand approcha le printemps, il se mit à courir la campagne, dépensant ses derniers sous à acheter tous les essaims qui pendaient aux branches.

« Décidément, dirent les voisins, Bénistan a trouvé la veine. »

Sa femme elle-même y croyait. Personne n'avait les yeux assez grands au village pour admirer ces cent ruches bien alignées d'où coulaient déjà des fils de miel roux, et autour desquelles les abeilles dansaient dans le soleil, comme des étincelles d'or.

La récolte fut bonne la première année : elle paya presque les frais. Mais la seconde, les lavandes ayant subitement défleuri à cause de la grande sécheresse, presque toutes les abeilles moururent ; et de nouveau, par malechance, Bénistan se trouva ruiné.

Bénistan avait voulu élevé des poules. Le renard, en une seule nuit, égorgea poulets et poussins, le coq, les pondeuses et les couveuses.

Bénistan avait voulu planter des vignes. Un fléau précurseur du phylloxera, et qui sait ? peut-être le phylloxera lui-même, – car notre siècle n'a pas tout inventé, – changea ses souches en bois mort.

Si bien que, travaillant, épargnant comme une fourmi, la bonne Tardive, sur qui toutes les charges retombaient, se trouvait encore heureuse d'avoir à peu près chaque soir du pain bis dans la panetière, et sur le feu une bonne soupe fumante, qu'elle servait debout, suivant la respectueuse coutume d'autrefois, car, autrefois, jamais femme n'aurait osé s'asseoir à la table de son seigneur et maître.

Mais tout a une fin ! Depuis longtemps la jolie panetière en noyer ciré avait été vendue. Les enfants ce soir-là, – ils commençaient d'ailleurs à s'y faire, – étaient allés au lit, sans souper, après avoir entendu pour la vingtième fois, en manière de dédommagement, l'histoire de Jean-de-l'Ours et de ses grands combats avec l'Archi-Diable, la seule que Bénistan connût. Pour comble de malheur, Ganagobi, le chat de la maison, Ganagobi, pourtant si fidèle, avait disparu. De temps en temps, Tardive se levait et appelait : « Ganagobi, Ganagobi !... » dans la direction du village ; mais Ganagobi ne revenait pas, chassé par l'odeur de misère.

C'est là le grand chagrin qui tranchait l'âme de Tardive ; et c est ce grand chagrin qui lui avait arraché ce mot de reproche, le seul en sept ans sorti de sa bouche :

« Ah, mon pauvre homme ! mon pauvre homme ! si tu fusses né sans bras ni jambes, notre porte aurait des clous d'or. »

Elle oubliait, la brave femme, qu'un coup de mistral avait, quinze jours auparavant, démoli la vieille porte vermoulue dont elle aimait à faire reluire les ferrures ; elle oubliait que, faute de pouvoir la remplacer, ils en étaient réduits, pécaïre ! à fermer leur cabane avec un buisson.

Cependant, Jean Bénistan avait sur le cœur, comme un gros poids, les paroles de Tardive :

« La femme a raison, songeait-il, tout ce qui arrive, n'arrive qu'à cause de moi. Si je l'avais laissée mener la barque tranquillement, sans se mêler de rien, nous serions riches ; la maison aurait une porte, et les petits ne crieraient pas la faim... Maudites jambes, maudits bras ! Que ne me les coupa-t-on en nourrice ?... Mais je sais maintenant ce qui me reste à faire, mes jambes et mes bras n'étant bons qu'à être cassés. »

Alors, profitant de ce que Tardive s'était endormie, il l'embrassa, bien doucement, afin de ne pas la réveiller. Il embrassa de même les enfants. Puis, ayant déplacé et replacé le buisson, il s'en alla dans la nuit noire.

Huit jours après, Tardive recevait une bourse contenant quelques écus. Elle devina, – le pays se trouvait en guerre, – que Bénistan avait dû se faire soldat.

Bénistan eut des aventures, car il était fort brave et ne s'épargnait point.

Un jour, se battant avec des Sarrasins qui venaient de débarquer et pillaient le long de la mer, Bénistan fut laissé pour mort par ses compagnons dans la mêlée. Mort ? non pas : mais évanoui. Il revint à lui entre le ciel et l'eau, au milieu de gens coiffés de turbans Il comprit qu'on l'emmenait prisonnier sur une tartane ; et, s'étonnant de ne pas être chargé de chaînes selon l'usage, il s'aperçut qu'il avait les deux bras cassés chacun d'un coup de feu et les deux jambes tailladées d'une infinité de coups de sabre, ce qui rendait toute espèce de liens parfaitement inutiles.

Alors, pensant aux dernières paroles de Tardive :

« Maintenant que me voilà sans bras ni jambes, espérons que notre porte aura bientôt des clous d'or. »

Et les bons Sarrasins n'en revenaient pas, massacré comme il était, de le voir sourire.

La tartane accosta sous les remparts d'une ville blanche, autour de laquelle il y avait une plaine de sable, un cimetière sans mur et un petit bois de palmiers.

Jean Bénistan, prenant son parti des lois de la guerre, croyait qu'on allait le mettre à mort ou tout au moins le faire esclave. Mais le roi de ces Barbaresques, superbe vieillard à longue barbe, voulut d'abord qu'on le guérît ; après quoi, plein d'admiration pour son courage, il lui proposa d'être pacha, ce qui, là-bas, signifie général.

Bénistan répondit qu'un chrétien ne se bat pas contre des chrétiens. Mais le roi lui ayant affirmé par serment qu'il s'agissait surtout d'aller guerroyer contre les nègres idolâtres, le bon Bénistan accepta.

Pendant des années et des années, Bénistan se couvrit de gloire dans des pays lointains et brûlés, sans avoir jamais aucune nouvelle de France.

À la fin, pourtant, il obtint son congé et la permission de repartir accompagné d'un serviteur maure qui l'aidait à monter sur son cheval et à en descendre, car ses anciennes blessures, et d'autres encore reçues depuis, lui rendaient le corps un peu raide.

Après des jours, après des nuits, voyageant par terre et par mer, Jean Bénistan, toujours avec son serviteur, arriva en vue de Marseille. Mais il n'y entra point, non plus que dans aucune autre ville, tant il était pressé de retrouver les siens.

Et pourtant, lorsque, du haut de la dernière colline, il découvrit sa maisonnette, le cœur lui manqua et il n'osa pas aller plus avant, car il eut peur soudain que quelqu'un n'y fût mort.

« Remarque, dit-il au moricaud, cette cabane couverte en joncs d'étang, avec une porte qui a l'air neuve ? Tu vas te cacher tout près, dans la haie, et tu reviendras me dire ce qui se passera. »

Au bout d'une heure, le moricaud revint :

« J'ai vu sortir de la cabane une femme en deuil et six enfants qui s'en sont allés vers l'église.

– Et qu'as-tu vu encore ?

– J'ai encore vu un vieux chat roulé au soleil sur le seuil. »

Alors Jean Bénistan pleura, de la joie qu'il éprouvait en apprenant que sa femme et ses enfants vivaient et que le chat était revenu.

Jean Bénistan sortit quatre clous d'or de sa saquette.

« Prends une pierre pour marteau, et, pendant que les habitants n'y sont pas, va planter ces clous d'or dans la porte de la cabane. »

Quand Tardive revint de l'église, où elle s'était rendue, comme elle faisait toutes les années, au jour anniversaire de la disparition de Jean Bénistan, quand elle aperçut le chat qui, hérissé, soufflait de colère sur le toit, et les quatre clous d'or aux quatre coins de la porte, se souvenant des paroles de jadis, elle s'écria :

« Courez, mes enfants, courez vite au-devant de mon pauvre homme qui s'en revient de la guerre, sans doute, hélas ! bien maltraité. »

Mais, comme à ce moment, au détour du sentier, Jean Bénistan, aussi fier qu'un roi, apparaissait sur son cheval que le moricaud tenait en bride, elle ajouta, presque évanouie :

« Dieu soit loué ! il a ses bras, il a ses jambes... Ces clous d'or m'avaient fait grand-peur. »

Et Bénistan disait en l'embrassant :

« Oui, j'ai mes jambes, oui, j'ai mes bras, mais tellement meurtris et blessés qu'ils ne veulent plus que le repos... Désormais, Tardive, tu peux être tranquille... Sors pour moi le fauteuil, là, devant la porte, sous la vigne... Mets le vieux chat sur mes genoux, et si, par hasard, il n'y avait pas ce soir de soupe à manger, je rapporte des pays d'Afrique, pour les petits devenus grands, toutes sortes d'histoires plus belles que celle de l'Archi-Diable et de Jean-de-l'Ours ! »

Mais c'étaient là discours pour rire, comme une joie trop vive en inspire, car à force de peine et de travail, pendant l'absence de Bénistan, Tardive était redevenue presque riche, et lui possédait des trésors.

Maintenant, si vous passiez par mon village, je pourrais vous montrer intacte, – le brave homme, s'y trouvant bien, ne voulut jamais en habiter d'autre, – la cabane de Jean Bénistan. La porte existe toujours. À vrai dire, les clous d'or manquent. Mais on voit la place des trous.

Les haricots de Pitalugue

I

Pertuis semait des haricots !

Des hauteurs du Lubéron aux graviers de la Durance, ce n'étaient par tout le terroir que gens sans blouse ni veste, en *taillole*, qui suaient et rustiquaient ; et dans la ville, les bourgeois, assis au frais sous les platanes, à l'endroit où le Cours domine la plaine, disaient en regardant ces points rouges et blancs remuer :

« Si les pluies arrivent à temps, et que la semence se trouve bonne, la France, cette année, ne manquera pas de haricots. »

Car Pertuis a cette prétention, quasi justifiée d'ailleurs, de fournir de haricots la France entière. Pertuis aurait pu, grâce à son col et à son climat, cultiver la garance comme Avignon ou le charbon à foulon comme Saint-Remy ; Pertuis aurait pu dorer ses champs de froment comme Arles, ou les ensanglanter de tomates comme Antibes ; mais Pertuis a préféré le haricot, légume modeste, qui ne manque pourtant ni de grâce ni de coquetterie quand ses fines vrilles grimpantes et son feuillage découpé tremblent à la brise.

De tous ces semeurs semant comme des enragés, le plus enragé, sans contredit, était le brave Pitalugue. La guêtre aux mollets, reins sanglés, il s'escrimait de la pioche, tête baissée. Lorsque dans le terrain passé et repassé, il ne resta plus caillou ni racine, alors, du revers de l'outil, doucement, il l'aménagea en pente douce pour que l'eau du réservoir pût y courir. Le terrain aménagé, il prit un long cordeau muni à ses deux bouts de chevillettes, planta les chevillettes en terre, tendit la corde et traça, parallèles au front du champ, une, deux, trois, cinq, dix rigoles aussi régulièrement espacées que les lignes d'une portée musicale sur les *parties* de l'orphéon de Pertuis. Puis, tout ainsi réglé, Pitalugue reprit une par une ses rigoles et, l'air attentif, un genou en terre, il sema.

« Semons du vent, murmurait-il ; c'est, quoi qu'en dise Monsieur le curé, le seul moyen qui me reste aujourd'hui de ne pas récolter la tempête. »

Et Pitalugue, en effet, semait du vent. C'est pour prendre du vent, disons mieux : c'est pour ne rien prendre du tout que, de trois secondes en trois secondes, il envoyait la main à sa gibecière ; ce n'est rien du tout qu'il y saisissait, ce n'est rien du tout que son pouce et son index rapprochés déposaient avec soin dans le sillon ; et la paume de sa main gauche, rabattant à chaque fois la terre friable et blutée, ne recouvrait que des haricots imaginaires.

Cependant, à cent mètres au-dessus du champ, dans le petit bosquet qui ombrage la côte, un homme, que Pitalugue ne voyait point, suivait de l'œil, avec intérêt, les mouvements compliqués de Pitalugue.

« Eh ! eh ! se disait-il, Pitalugue travaille. »

Perché ainsi dans la verdure, avec son nez crochu, ses lunettes d'or et son habit gris moucheté, un chasseur l'aurait pris de loin pour un hibou de la grosse espèce.

Mais ce n'était pas un hibou, c'était mieux : c'était M. Cougourdan, le redouté M. Cougourdan, arpenteur juré, marchand de biens, que la rumeur publique accusait de se divertir parfois à l'usure.

La justice de paix vaquant ce jour-là, et réduit à ne poursuivre personne, M. Cougourdan avait imaginé d'apporter ses registres à la campagne. M. Cougourdan aimait la nature ; un beau paysage l'inspirait, le chant des oiseaux, loin de le distraire, ne faisait qu'activer ses calculs, et c'est ainsi, le front rafraîchi par l'ombre mouvante des arbres, qu'il inventait ses plus subtiles procédures.

Le spectacle doucement rustique de Pitalugue travaillant mit M. Cougourdan en verve :

« Une idée ! si je tirais au clair les comptes de ce Pitalugue ! »

Et M. Cougourdan constata qu'ayant, l'année d'auparavant, prêté cent francs à Pitalugue, Pitalugue se trouvait, à l'heure présente, lui devoir juste cent écus.

« Bah ! les haricots me paieront cela ; je ferai saisir à la récolte. »

Là-dessus, M. Cougourdan sortit du bois, et se mit à descendre vers le champ de Pitalugue, ne pouvant résister au désir de voir les haricots de plus près.

Au même moment, comme l'ombre aiguë du *Puy lapinier*, tombant juste sur un trou de roche qu'on nomme le cadran des pauvres, marquait trois heures, Pitalugue leva la tête et vit venir la Zoun, sa femme, qui lui apportait à goûter. Il rajusta sa culotte et sa taillole, alla se laver les mains à la fontaine, heurta violemment, pour en détacher la terre collée, ses fortes semelles à clous contre la pierre du bassin, puis s'assit à l'ombre d'une courge élevée en treille devant sa cabane, prêt à manger, le couteau ouvert, le flasque et le panier entre les jambes.

« Té ! Zoun, regarde un peu si on ne dirait pas M. Cougourdan.

– Bonjour, la Zoun, bonjour, Pitalugue ! » nasilla gracieusement l'usurier ; et tout en jetant sur le champ un regard discret et circulaire, il ajouta :

« Pour des haricots bien semés, voilà des haricots bien serrés. Pourvu qu'il ne gèle pas dessus.

– Ne craignez rien, la semence est bonne, » répondit philosophiquement Pitalugue.

Et, tranquille comme Baptiste, il acheva son pain, ferma son couteau, but le coup de grâce et se remit au travail, tandis que la Zoun et M. Cougourdan s'éloignaient.

« Hardi, les haricots ! murmurait-il en continuant sa besogne illusoire, encore un ! un encore ! des cents ! ! des mille ! ! ! Les voisins aujourd'hui ne diront pas que Pitalugue ne fait rien et qu'il a passé le temps à fainéanter sous sa courge. »

Il peina ainsi jusqu'au soleil couché.

« Hé ! Pitalugue, holà ! Pitalugue, lui criaient du chemin les paysans qui, bissac au dos, pioche sur le cou, rentraient par groupes à la ville.

– Tu sèmeras le restant demain.

– La mère des jours n'est pas morte ! »

Enfin Pitalugue se décida à quitter son champ. Avant de partir, il regarda :

« Beau travail ! murmurait-il d'un air à la fois narquois et satisfait, beau travail ! mais, comme dit Jean de la lune qui riait en tondant ses œufs, cette fois le rire vaut plus que la laine ! »

II

Peut-être voudriez-vous savoir ce qu'était Pitalugue, et pourquoi il avait adopté en fait de haricots un aussi étrange procédé de culture.

Pitalugue était philosophe, vrai philosophe de campagne, prenant le temps comme il vient et le soleil comme il se lève, arrangeant tant bien que mal, à force d'esprit, une existence chaque jour désorganisée par ses vices, et dépensant à vivre d'expédients au village plus d'efforts et d'ingéniosité que tant d'autres à faire fortune à la grande ville.

Songe-fête comme pas un : pour une partie de bastidon, Pitalugue laisse en l'air fenaison et vendange. Pitalugue pêche, Pitalugue chasse, Pitalugue a un chien qu'il appelle Brutus ; un furet gîte en son grenier ; et dans l'écurie, au-dessus de la crèche parfois vide, l'œil stupéfait du bourricot peut contempler les évolutions et les saluts d'une grosse chouette en cage.

Le pire de tout, c'est que Pitalugue est joueur ; mais là, joueur comme les cartes, joueur à jouer enfant et femme, joueur, disent les gens, à tailler une partie de vendôme, sous six pieds d'eau, en plein hiver, quand la Durance charrie.

C'est pour cela que Pitalugue, jadis à son aise, se trouve maintenant gêné. La récolte est mangée d'avance, les terres entamées par l'usure ; et quelles scènes quand il rentre un peu gris et la poche vide dans sa maisonnette du Portail-des-Chiens ! Quels remords aussi, car, au fond, Pitalugue a bon cœur. Mais ni scène ni remords ne peuvent rien contre les cartes. Pitalugue jure chaque fois qu'il ne jouera plus, et chaque matin il rejoue.

Ainsi, aujourd'hui, il s'était levé, ce brave Pitalugue, avec les meilleures intentions du monde. Au petit jour et les coqs chantant encore, il était devant sa porte en train de charger sur l'âne un sac de haricots. Et quels haricots ! de vrais haricots de semence, émaillés, lourds comme des balles, ronds et blancs comme des œufs de pigeon.

« Emploie-les bien et ménage-les, disait la Zoun en donnant un coup de main, tu sais que ce sont nos derniers.

– Cette fois, Zoun, le diable me brûle si tu n'es pas contente !... À ce soir !... *Arri !* bourricot. »

Et Pitalugue était parti, vertueux, derrière son âne.

Par malheur, aux portes de la ville, il rencontre le perruquier Fra qui s'en revenait les yeux rouges, ayant passé sa nuit à battre les cartes dans une ferme.

« Tu rentres bien tard, Fra ?

– Tu sors bien matin, Pitalugue !

– Le fait est qu'il ne passe pas un chat.

– Ce serait peut-être l'occasion *d'en tailler une.*

– Pas pour un million, Fra.

– Voyons : rien qu'une petite, Pitalugue.

– Et mes haricots ?

– Tes haricots attendront. »

L'infortuné Pitalugue résista d'abord, puis se laissa tenter. Fra sortit les cartes. On en tailla une, on en tailla deux, et les haricots attendirent.

Bref ! l'alouette montait des blés, et les premiers rayons coloraient en rose la muraille de pierre sèche sur laquelle les deux joueurs jouaient, assis à califourchon, lorsque Pitalugue, retournant ses poches, s'aperçut qu'il avait tout perdu.

« Cinq francs sur parole ! dit Fra.

– Cinq francs, ça va, » répondit Pitalugue.

Les cartes tournèrent et Pitalugue perdit.

« Quitte ou double ?

– Quitte ou double ! »

Pitalugue perdit encore.

« Maintenant le tout contre ta semence. »

Pitalugue accepta. Il était fou, ses mains tremblaient.

« Non ! grommelait-il en donnant, je ne perdrai pas cette fois, les cartes ne seraient pas justes. »

Il perdit pourtant ; et l'heureux Fra, chargeant le sac d'un tour de main, lui dit :

« La prochaine fois, Pitalugue, nous jouerons l'âne. »

Que faire ? Rentrer, tout avouer à la Zoun ? Pitalugue n'osa pas, la mesure était comble. Acheter d'autre semence ? Le moyen, sans un rouge liard !

En emprunter à un ami ? Mais c'eût été rendre l'aventure publique. Assuré du moins de la discrétion du barbier (les joueurs ne se vendent pas entre eux), notre homme, après cinq minutes de profond désespoir, prit, comme on l'a vu, son parti en brave :

« Je ne peux pas semer des haricots puisque je n'en ai plus, se dit-il en riant dans sa barbiche, mais je peux faire semblant d'en semer. La Zoun n'y verra que du feu, le hasard est grand, et d'ici à la récolte bien des choses se seront passées. »

Bien des choses en effet se passèrent qui mirent Pertuis en émoi.

D'abord, Pitalugue changea du tout au tout. Talonné par le remords et craignant toujours d'être découvert, il renonça au jeu, déserta l'auberge. Lui, que ses meilleurs amis accusaient de trouver la terre trop basse, on le vit, dans son petit champ, piocher, gratter, rustiquer à mort.

Jamais haricots mieux soignés que ces haricots qui n'existaient pas !

Tous les soirs, au coucher du soleil, il les arrosait, mesurant sa part à chaque rigole et vidant à fond le réservoir qui, tous les matins, se retrouvait rempli d'eau claire. Le jour, autre chantier : si parfois, sous un soleil trop vif, la terre séchait et faisait croûte, Pitalugue la binait légèrement pour permettre au grain de lever. Souvent aussi, la main armée d'un gant de cuir, il allait à travers les raies, arrachant le chardon cuisant, le séneçon envahisseur et le chiendent tenace.

Ses voisins l'admiraient, sa femme n'y comprenait rien, et M. Cougourdan radieux rêvait toutes les nuits de haricots saisis et parlait de s'acheter des lunettes neuves.

Or, au bout d'une quinzaine, de çà, de là, tous les haricots de Pertuis se mirent à lever le nez : une pousse blanche d'abord, recourbée en crosse d'évêque, deux feuilles coiffées de la graine et portant encore un fragment de terre soulevée ; puis la graine sèche tomba, les deux feuilles découpées en cœur se déplièrent, et bientôt, du Lubéron à la Durance, toute la plaine verdoya.

Seul, le champ de Pitalugue ne bougeait point.

« Pitalugue, que font tes haricots ? »

Et Pitalugue répondait :

« Ils travaillent sous terre. »

Cependant les haricots de Pertuis s'étant mis à filer, il fallut des soutiens pour leurs tiges fragiles. De tous côtés, dans les *cannières* plantées en tête de chaque champ, les paysans, serpette en main, coupaient des roseaux. Pitalugue coupa des roseaux comme tout le monde. Il en nettoya les nœuds, il les appareilla, puis les disposa en faisceau, quatre par quatre et le sommet noué d'un brin de jonc, de façon à ménager aux haricots, qui bientôt grimperaient dessus, ce qu'il faut d'air et de lumière.

Au bout de la seconde quinzaine, les haricots de Pertuis avaient grimpé, et la plaine, du Lubéron à la Durance, se trouva couverte d'une infinité de petits pavillons verts.

Seuls, les haricots de Pitalugue ne grimpèrent point. Le champ demeura rouge et sec, attristé encore qu'il était par ses alignements de roseaux jaunes.

La Zoun dit :

« Il me semble, Pitalugue, que nos haricots sont en retard.

– C'est l'espèce, » répondit Pitalugue.

Mais lorsque, du Lubéron à la Durance, sur tous les haricots de la plaine pointèrent des milliers de fleurettes blanches ; lorsque ces fleurs se furent changées en autant de cosses appétissantes et cassantes, et qu'on vit que seuls les haricots de Pitalugue ne fleurissaient ni ne grairaient, alors les gens s'en émurent dans la ville.

Les malins, sans biens savoir pourquoi, mais soupçonnant quelque bon tour, commencèrent à gausser et à rire.

Les badauds, en pèlerinage, allèrent contempler le champ maudit.

M. Cougourdan fut inquiet.

Et la Zoun s'installa sous la courge, accablant la terre et le soleil de protestations indignées.

III

Un soir, *Tante Dide*, mère de la Zoun, belle-mère de Pitalugue par conséquent, et matrone des plus compétentes, se rendit sur les lieux malgré son grand âge, observa, réfléchit et déclara au retour qu'il y avait de la magie noire là-dessus, et que les haricots étaient ensorcelés. Pitalugue abonda dans son sens ; et toute la famille jusqu'au quinzième degré de parenté ayant été convoquée à la maisonnette du Portail-des-Chiens, il fut décidé que, vu la gravité des circonstances, le lendemain *on ferait bouillir*.

Tante Dide, qui justement se trouvait être veuve, s'en alla donc rôder chez le *terraillier* de la Grand'Place, dans le dessein de voler une marmite qui n'eût pas servi, car, pour faire bouillir dans les règles, il faut avant tout une marmite, volée par une veuve. Le terraillier connaissait l'usage ; et, sûr d'être dédommagé à la première occasion, il détourna les yeux pour ne point voir tante Dide lorsqu'elle glissa la marmite sous sa pelisse.

La marmite ainsi obtenue fut solennellement mise sur le feu en présence de tous les Pitalugue mâles et femelles.

Puis tante Dide l'ayant emplie d'eau, versa dans cette eau, non sans marmotter quelques paroles magiques, tous les vieux clous, toutes les vieilles lames rouillées, toutes les aiguilles sans trou et toutes les épingles sans tête du quartier. Et, quand la soupe de ferraille commença à bouillir, quand les lames, les clous, les aiguilles et les épingles entrèrent en danse, on fut persuadé qu'à chaque tour, chaque pointe, malgré la distance, s'enfonçait dans la chair du jeteur de sorts.

« Ça marche, murmurait tante Dide ; encore une brassée de bois, et tout à l'heure le gueusard va venir nous demander grâce.

– Il sera bien reçu ! » répondait la bande.

Cependant l'astucieux Pitalugue, que tout ceci amusait fort, n'avait pu s'empêcher d'aller en souffler un mot à ses amis de la haute ville ; et ce fut, dans tout Pertuis, une grande joie quand le bruit se répandit qu'au Portail-des-Chiens, pour désensorceler les haricots, la tribu des Pitalugue faisait bouillir.

Or, les Pitalugue faisant bouillir, la tradition voulait qu'on envoyât quelqu'un se faire assommer par les Pitalugue.

Ce quelqu'un fut M. Cougourdan ! Niez après cela la Providence.

Conduit par son destin, M. Cougourdan eut l'idée fâcheuse de s'arrêter devant la boutique du perruquier Fra. Il venait précisément de rencontrer Pitalugue plus gai qu'à l'ordinaire et tout épanoui de l'aventure.

« As-tu vu ce Pitalugue, quel air content il a ?

– Mettez-vous à sa place, monsieur Cougourdan, avec ce qui lui arrive ?

– Il a donc gagné ?

– Mieux que ça, monsieur Cougourdan.

– Hérité peut-être ?

– Mieux encore : il a, en recarellant sa cuve, trouvé mille écus de six livres dans un bas.

– Mille écus, sartibois ! et mon billet, qui justement tombe ce matin.

– Pitalugue descend chez lui, monsieur Cougourdan, rattrapez-le avant qu'il n'ait tout joué ou tout bu ; et, si vous voulez suivre un bon conseil, courez vite. »

Au Portail-des-Chiens, la marmite bouillait toujours et l'impatience était à son comble, lorsque Cadet, qu'on avait posté en sentinelle, vint tout courant annoncer qu'un vieux monsieur à lunettes d'or, porteur d'un papier qui paraissait être un papier timbré, tournait le coin de la rue.

« M. Cougourdan ! s'écria la Zoun ; il se trouvait là précisément quand nous semâmes les haricots.

– C'est lui le sorcier, je m'en doutais, reprit tante Dide. Allons, les enfants, tous en place, et pas un coup de bâton de perdu ! »

Silencieusement, les quinze Pitalugue mâles se rangèrent le long des murs, armés chacun d'une forte trique.

Quelle émotion dans la chambre ! On n'entendait que les glouglous pressés de l'eau, le cliquetis de la ferraille, et bientôt le bruit des souliers de M. Cougourdan, sonnant sur l'escalier de bois.

Ce fut une mémorable dégelée ; les farceurs de Pertuis eurent pour longtemps de quoi rire.

M. Cougourdan, homme discret, ne se plaignit pas.

Quant à Pitalugue, ayant retrouvé le soir, dans un coin de la chambre, son billet de cent écus perdu par M. Cougourdan dans la bagarre, il en fit une allumette pour sa pipe et dit à la Zoun d'un ton pénétré :

« Vois-tu, Zoun, les anciens n'avaient pas tort ! Bonne semence n'est jamais perdue, et la terre rend toujours au centuple les bonnes manières qu'on lui fait. »

Nobles et philosophes paroles qui seront, s'il plaît au lecteur, la morale de cette histoire !

Le champ du fou

Demi-bourgeois et presque riche, il avait, chose invraisemblable, toujours vécu en paysan. Bien mieux, ayant perdu sa femme, il se permit l'idée bizarre de donner tout son bien à des parents éloignés, pour ne garder qu'une rustique maisonnette avec quelques cent mètres de terrain autour, juste ce qu'il pourrait cultiver lui-même ; et depuis ce temps il vivait seul, heureux et seul ! dans la familiarité de la nature. C'est pour cela que les gens du pays le croyaient fou.

Rien de joli, d'ailleurs, comme le petit domaine qu'il s'était arrangé au clos Saint-Laze. Un ermite à le voir s'en serait rendu amoureux.

Ce que j'appelais tout à l'heure maisonnette, faute de trouver le terme exact, n'était, en réalité, qu'un creux de rocher que fermait un mur percé d'une fenêtre et d'une porte.

Mais le mur était si blanc, un si beau rosier enguirlandait la fenêtre et de si vigoureuses broussailles faisaient corniche à la place du toit, que cette logette valait un château.

À deux pas, une source claire jaillissait du milieu d'un amas de tufs et de mousses pour tomber à grand bruit dans un vivier, au-dessous duquel descendait en pente un jardinet arrosé à sa soif même au plus fort de l'été et plein d'arbres et de légumes.

Quelques oliviers, un carré de blé, un cordon de vigne assuraient amplement la subsistance du propriétaire. Mais sur ce sol montueux, tout hérissé d'énormes pierres qu'il aurait fallu attaquer à la mine, bien des coins demeuraient incultes. Le bonhomme les mettait à profit pour y planter toutes sortes de fleurs curieuses et rares qu'il allait chercher dans la montagne ; seulement, n'étant pas ingrat, et voulant rendre à la montagne un peu de ce qu'il lui prenait, il y semait des fleurs de jardin aux endroits les plus solitaires, ou bien greffait sur des sauvageons les meilleures qualités de fruits, heureux par avance de l'étonnement des botanistes et des surprises gastronomiques que sa bienfaisante supercherie préparait aux pâtres et aux coureurs de bois.

On l'appelait le père Noé, sans doute en manière de sobriquet, à cause de son amour pour les bêtes.

Quand je le connus, du plus loin que je me souvienne, c'était un homme très vieux, tout blanc, et si affaibli par le grand âge qu'il était obligé, la plupart du temps, de laisser les trois quarts de son bien en friche. Il avait des idées étranges là-dessus, prétendant que tout homme ne doit demander que sa part à la terre, et n'eût pas souffert qu'on l'aidât. Il lui arrivait rarement de rentrer toute sa vendange ; son plaisir était de laisser les plus belles grappes sur le cep.

« Il faut bien, disait-il, quelques raisins mûrs pour les grives... »

Mais les grives n'étaient pas seules à picorer dans sa vigne, *la vigne à personne*, comme nous disions entre galopins, et la plus grosse part nous revenait de ses muscats amollis et cuits, si doux que leur sucre brûlait la langue.

Le père Noé aimait les petits et nous tolérait volontiers. Par exemple, chez lui, défense absolue de toucher aux nids et de faire du mal à quoi que ce fût. Le père Noé se montrait sur ce point méticuleux comme un bouddhiste. Aussi son clos nous faisait-il l'effet, dans nos imaginations enfantines, d'un second paradis terrestre où vivaient heureuses, en pleine liberté, toutes les bestioles de la création. Sans compter les oiseaux bruyants et innombrables, de superbes lézards verts, le dos chatoyant et grenu comme une bourse brodée de perles, se chauffaient au soleil un peu partout, le long des muraillettes de pierre sèche étagées en terrasse pour empêcher la bonne terre de glisser. Des lapins ignorants du coup de fusil venaient effrontément galoper et cabrioler à la barbe de leur protecteur ; et dans les crépuscules d'automne, de gros insectes à la silhouette fantastique passaient d'un vol vibrant et lourd sur les nuages pourpres du couchant.

Un jour, vaguant dans le clos Saint-Laze avec l'autorisation du père Noé, nous trouvâmes un lièvre au gîte, de qui les oreilles diaboliquement dressées nous effrayèrent. Car il y avait vraiment de tout dans ce bienheureux clos Saint-Laze, de tout, même un vieux chêne crevassé où logeait un essaim d'abeilles. Le père Noé, sans les tuer ni les mettre en fuite, – ne savait-il pas parler aux bêtes ? – leur prenait à chaque printemps quelques rayons de miel, du miel sauvage, du *miel d'ours* dont il nous faisait des tartines. Et nous étions fiers, pensez donc, de manger ainsi du miel d'ours.

Une après-midi, comme il était en train de faire la moisson de son blé méteil, le père Noé fut pris d'un subit malaise. Il appela un voisin qui dut l'aider à regagner la maisonnette, car ses jambes ne le portaient plus. On rentra les gerbes coupées, mais il fallut laisser sur pied ce qui restait.

« Puisque je n'ai pas pu couper mon blé moi-même, c'est un signe que je n'aurai plus besoin de tant de pain. »

On lui fit remarquer qu'il y avait sacrilège à laisser périr le bon grain.

« Attendez l'hiver, attendez, les oiseaux me donneront raison... »

Et comme le père Noé passait pour un peu sorcier, tout le monde augura qu'il sentait sa fin, qu'il mourrait bientôt et que la saison serait mauvaise.

En effet, cette année-là, décembre s'annonça terrible.

Les montagnes d'abord apparurent ourlées de neige à leur crête. Puis la neige gagna les plaines ; et, le vent des Alpes soufflant, des flocons se mirent à tomber, lents et drus. Au bout de deux jours, quand le temps s'éclaircit, toute la campagne, à perte de vue, était blanche – fossés comblés, haies recouvertes – et sans les lignes de grands noyers, on n'aurait pas pu reconnaître les routes. Un froid dur avec cela, si dur que les rochers mouillés se recouvraient partout d'une croûte de givre, et que tout l'effort du soleil n'arrivant qu'à fondre un peu de neige à la superficie, elle se gelait aussitôt, luisait, et craquait sous le pied comme verre.

Un matin, ma grand-mère, qui était prieuresse des Pénitents bleus, prit sa chaufferette et sa mante.

« Où allez-vous, grand-mère ?

– Garder jusqu'à ce soir le père Noé qui est au plus mal, et lui porter une bouteille de vin cuit. »

Malgré le froid, malgré la neige, comme le soleil s'annonçait beau, elle consentit à m'emmener.

« Et dites-moi, grand-mère, l'hiver, comment font les oiseaux pour vivre ?

– Un peu comme ils peuvent, mon mignot. Ceux qui ont de bonnes ailes s'en vont dans des pays où l'on a toujours chaud, par delà la mer, en Afrique. Les autres...

– Oui ! les autres, ceux qui n'ont pas de bonnes ailes ?

– Eh bien, les autres mangent ce qu'ils trouvent, les baies des buissons, les épis oubliés aux champs.

– Mais quand la neige cache les buissons et recouvre les champs ?

– Alors, que veux-tu, ils ont faim, ils meurent. »

Je me rappelai précisément avoir vu, le matin même, un moineau mort, près de la fontaine, et comme aucun oiseau ne se montrait le long de la route, je fus pris d'une vague tristesse, m'imaginant qu'en effet tous étaient morts.

Mais à Saint-Laze, quelle surprise !

Sitôt la barrière dépassée, au-dessus du champ de méteil, avec des cris, des froufrous d'ailes, un nuage noir s'éleva. C'étaient des milliers d'oisillons qui, effrayés par notre vue, se postèrent en observation à la cime des arbres. Puis un se hasarda à revenir, un second l'imita, d'autres suivirent ; et bientôt toute la bande s'abattit de nouveau sur les épis noircis et les tiges brouillées du morceau de moisson que le père Noé avait voulu laisser debout. Ah ! les braves petits oiseaux, c'était affaire à eux de secouer la neige qui tenait les chaumes courbés. Ils travaillaient des pieds, du bec. Une vraie orgie, un pillage ! De tous les coins de l'horizon, friquets, pinsons, chardonnerets, venaient pour avoir leur part de l'aubaine ; et, se réchauffant à un rayon de bon soleil que laissait entrer la porte ouverte, le père Noé, de sa cabane, contemplait cela, souriant.

« En voici, en voici encore !

– Mais d'où viennent-ils en si grand nombre, monsieur Noé ?

– Figure-toi, petit, que, l'autre jour, j'avais donné commission à un merle d'aller publier par toute la contrée que la table était mise ici, chez un vieux fou qui va partir et qui a du blé de reste. La commission, paraît-il, a été bien faite... Mais, s'en fourrent-ils, s'en fourrent-ils, les brigands ! »

Puis, montrant dans un coin un sac qui n'était qu'à moitié vide :

« Mon méteil n'y suffira pas... Je vous charge, quand je serai mort, de leur distribuer encore ceci. »

Huit jours après, le père Noé s'étant éteint paisiblement, je m'en allai au clos Saint-Laze, avec quelques mal-peignés de mon âge, pour assister à la cérémonie.

La neige avait un peu fondu. Maintenant, sur le chemin, tout le long des haies, des kyrielles d'oisillons ragaillardis piquaient du bec en gazouillant les perles noires des viornes et les grains de corail des aubépines.

« Regarde-les voler... Écoute comme ils chantent... Le curé ne leur fait pas peur. »

Et nous restâmes persuadés, avec raison peut-être, que c'étaient les oiseaux du clos Saint-Laze, les oiseaux mangeurs de méteil, qui suivaient ainsi le convoi, accompagnant pieusement leur ami jusqu'au cimetière.

La mort des cigales

Derrière le fort, sur un plateau pierreux, battu du vent, parfumé de maigre lavande et d'œillets sauvages où, dans un trou d'eau qui suintait, les gamins allaient tendre des gluaux aux queues-rousses et aux merles de roche, il y avait un enclos blanc planté de croix noire, avec un fossoyeur, – ancien soldat de la grande armée que la rumeur publique accusait de nourrir ses lapins de l'herbe des tombes, – creusant tout le long du jour une éternelle fosse. Un grand tilleul faisait ombre au milieu ; et quand il avait défleuri, nous en mangions les graines molles et douces que nous appelions le *pain des morts*. Nous rêvions aux morts – à cause de ce pain – une existence de sous terre non pas effrayante précisément, mais vague, paresseuse et mystérieuse.

Quelquefois les cloches sonnaient à l'église. Alors on disait dans la ville :

« Le vieux Catignan a trépassé, la vieille Ravousse a rendu l'âme. »

On racontait les circonstances. Son testament signé, le vieux Catignan avait beaucoup remercié le notaire ainsi que les messieurs venus comme témoins ; et puis, pour montrer son usage du monde, il avait soupiré, croyant citer du latin :

« Siou mor, mortus ! Siou mor, mortus ! » et il était mort...

Quant à la Ravousse, elle gardait, paraît-il, dans sa *table fermée*, une robe de drap toute neuve que son fils lui avait envoyée de Marseille et qu'elle n'avait jamais osé porter, la trouvant trop belle pour une simple paysanne. Mais pendant sa maladie les voisines l'avaient tant priée et suppliée qu'elle avait consenti à ce qu'on la lui mît lorsqu'elle serait morte. Et la brave femme répétait encore en riant, une minute avant d'expirer :

« C'est là-haut qu'on va être étonné ; personne ne me reconnaîtra plus ; ici les gens m'appelaient la Ravousse, le bon Dieu me dira : Madame Ravous. »

Les plus hardis allaient voir Catignan et la Ravousse exposés devant leur porte (la coutume en durait encore !), sévères et raides avec leurs plus beaux habits, entre les cierges, dans la caisse ouverte que veillaient deux pénitents blancs en cagoule. Mais cela ne nous impressionnait guère. Catignan et la Ravousse étaient des vieux ! pourquoi étaient-ils *des vieux* ? c'est-à-dire des êtres maussades et lents, ne riant pas, ne criant pas, enfin d'une autre espèce que nous ; et, par un sentiment d'égoïsme naïf et féroce, on trouvait juste, naturel, amusant presque que la Mort vînt prendre les vieux. Bien entendu, on ne prévoyait pas le cas où grand-père, grand-mère seraient morts. L'enfant a peu d'idées générales ; et puis, pour chacun de nous, grand-père et grand-mère n'étaient pas des vieux comme les autres : c'était grand-père et c'était grand-mère.

Mais personne n'échappe au Destin ! je devais bientôt connaître à mon tour et avant mon tour l'amertume des séparations douloureuses.

J'arrivais alors sur mes huit ans et j'avais une camarade de mon âge que j'aimais d'une affection enfantine. Des cheveux d'or, des yeux bleu clair, genre de beauté rare chez nous où les filles brûlées et brunes ont longtemps l'air de garçonnets. On l'appelait indifféremment Ninette, Nine ou bien Domnine du nom de son patron Domnin qui est un grand saint dans le pays.

Quand, galopinant dans les bas quartiers, après la classe, nous passions sous la voûte sombre où débouche un antique égout, et que la bande prenait sa course en criant : « Homme à la barrette rouge, attrape le dernier ! » je prenais la main de Domnine, et, pour la faire mieux courir, je restais souvent le dernier, bien que j'eusse grand-peur de *la Barrette rouge*.

L'été, on nous laissait aller ensemble hors des remparts de la ville jusqu'à la lisière des champs, ce qui nous semblait être très loin...

L'hiver, il m'arrivait de lui donner une aile de raisin pendu, ces sorbes mûries sur la paille, et même de mon sucre pour mettre dans son pain de noix.

Un jour Domnine ne vint plus chanter dans nos rondes les chansons qu'elle chantait si bien : « Garde les abeilles, Jeannette, garde les abeilles au pré ! » ni celle du pont de Marseille sur lequel « il pleut et soleille ». Et quand il pleuvait et soleillait, quand, dans un ciel nuageux troué de bleues éclaircies, le diable battait sa femme, Domnine n'était plus avec nous pour répéter en chœur l'incantation irrésistible qui force le Dieu à se montrer : « Viens vite, soleil, beau soleil, je te donnerai un rayon de miel ! »

Mon amie Domnine était au lit. Un matin, assis sur le banc de pierre de sa porte, je vis le médecin descendre et je l'entendis qui disait :

« C'est fini, la petite ne passera pas la nuit. »

Je compris alors vaguement qu'il m'arrivait un grand malheur. Triste et fiévreux, on me crut malade, et, me dispensant de l'école, on me confia à Peu-Parle, un paysan qui faisait aller le petit bien de la famille, et devait cette après-midi relever les sarments de notre vigne de Toutes-Bises. C'était là mon remède ordinaire, et rarement mes maladies avaient résisté à quelques heures de promenade à la vigne en compagnie de cet homme sentencieux et réfléchi qui savait le nom des plantes, la place des astres, reconnaissait les oiseaux à leur chant et me paraissait un peu sorcier.

Le plus souvent je voulais l'aider ; mais cette fois je préférai rester tout seul, assis à l'écart, près de la source.

Le travail fut long : il s'agissait, sans éborgner les jeunes pousses, de descendre les fagots de l'année d'avant, épars entre les souches, jusqu'au bas des allées où broutait l'âne. De temps en temps, Peu-Parle me criait :

« T'ennuies-tu, petit ?... Si tu as faim, cueille une figue. »

Mais je n'avais pas faim et ne m'ennuyais pas : le cœur un peu gros, je pensais à Domnine.

« Il faut pourtant achever aujourd'hui, nous nous en irons avec la lune ! »

Lorsque Peu-Parle eut achevé, lorsqu'il eut lié la charge de l'âne, il profita d'un reste de jour pour faire un feu de brindilles entre trois pierres et préparer une omelette d'œufs dénichés au poulailler et de fines herbes que nous cueillîmes. Puis on s'installa par terre sous la treille, qui, entre ses ceps tortus pareils à de grands serpents noirs, laissait passer le regard des premières étoiles. La nuit était venue, et Peu-Parle n'avait pas apporté de lanterne, ne croyant pas rester si tard.

Peu-Parle, sans perdre un morceau, raisonnait des choses de la terre, et blâmait mon père sévèrement de conserver deux amandiers poussés au hasard dans sa vigne.

« Le soleil crée le vin, et la vigne ne veut que l'ombre de l'homme !... »

Moi je ne mangeais pas, je ne comprenais guère ; à mon chagrin s'ajoutait la mélancolie de ce long dîner dans le noir.

Mais bientôt, dépassant la crête d'une roche, la lune apparut dans son plein, et jeta sous la treille une blanche nappe de lumière où l'ombre des feuilles se découpait. Comme si la terre se fût éveillée, de chaque arbre, de chaque caillou, un bruit s'éleva ; les rainettes et les grillons entamèrent leur symphonie, et, avec ses mille voix confuses, le chœur des beaux soirs commença.

Peu-Parle s'était tu. Tout à coup, levant le doigt :

« Chut, écoute ! »

Juste au-dessus de nous vibrait solitaire un chant de cigales, un chant qui était aussi un cri : étrange, comme immatériel.

« Ça, fit Peu-Parle, c'est une cigale qui meurt. »

Et gravement il ajouta :

« Le soleil fait chanter les cigales, mais, avant de mourir, elles chantent une dernière fois au clair de lune, parce que la lune c'est le soleil des morts. »

À cette idée de mort, j'éclatai en sanglots.

« Il faut être fou, un grand garçon, de pleurer pour une cigale ! »

Et, me soulevant dans ses mains rudes :

« Regarde bien, elle doit être là, sous le gros nœud, collée à l'écorce. »

Elle était là, en effet ; je voyais ses ailes transparentes et son corselet brun poudré d'or.

« Tu peux la prendre, elle ne bouge plus. »

Je la tenais entre mes doigts, immobile déjà et si légère ! Je pensais à Domnine. Je disais : « Voilà donc la Mort ? » Et pendant longtemps, consolé, je m'imaginai, ne trouvant plus à cela rien d'effrayant ni rien de bien triste, que l'on devait mourir ainsi, un soir de clair de lune, en chantant, – comme les cigales !

Le tambour de Roquevaire

« Brigadier...

– C'est-il vous, Picardan ?

– Oui, brigadier. Et même qu'il y a du nouveau.

– Attendez alors, que je mette mes bottes. »

Là-dessus, le brigadier ferma la fenêtre du rez-de-chaussée aux vitres de laquelle le garde Picardan avait cogné, et disparut un instant pour reparaître sur le perron de la caserne, non plus en bonnet de coton, comme un bon gendarme qui va se livrer au repos du soir, mais sanglé d'un baudrier, coiffé d'un tricorne et prêt à traquer le délinquant, malgré les ténèbres, d'ailleurs relatives, dont une nuit d'août transparente couvrait les collines et les champs autour du village de Roquevaire.

Ils partirent, marchant côte à côte, sans parler.

Quand ils eurent dépassé les dernières maisons, quand Roquevaire ne fut plus sur le fond bleu du ciel piqué d'innombrables étoiles qu'une masse noire que dominaient la tour carrée et la cage en fer travaillée à jour de l'horloge municipale, dans cette cage onze heures sonnèrent, notes d'argent dans le grand silence.

« Ainsi nos gaillards sont au plant de Font-Sèche ?

– Oui, brigadier.

– Tous les quatre ?

– Comme toujours.

– Suffit !... Faudra voir une bonne fois à tirer leur affaire au clair. »

Puis le silence retomba, interrompu seulement par le pas rythmé du brigadier et le claquement sec du sarment de vigne recourbé en crosse, que Picardan – héritier inconscient des vieux centurions romains – portait comme insigne de ses fonctions.

Après le cimetière, à l'endroit où la route commence à grimper, Picardan dit :

« Chut ! écoutons... »

Un bruit sourd, comparable au roulement d'un tambour voilé,

s'entendait de l'autre côté de la hauteur. Le bruit cessa, puis recommença, par intervalles réguliers, de plus en plus distinct, de plus en plus nourri, à mesure que le gendarme et le garde montaient.

Ils avaient maintenant quitté le grand chemin, et coupaient en biais, l'oreille aux aguets, guidés par le son, un plateau inculte dominant la plaine.

« Encore quelques pas, et, de la crête, nous allons les voir.

– Il faudrait trouver, pour se cacher, n'importe quoi : un rocher, un arbre... »

Mais en fait d'arbres, le plateau n'avait que des lavandes maigres et rares ; des cailloux au lieu de rochers. Il est même étonnant que le mistral, qui souffle dur sur les hauteurs en ce bienheureux pays de Provence, eût laissé là tant de cailloux.

« Attention, fit le garde, voici que la diablerie commence. »

En effet, là-bas, dans les oliviers, quelque chose d'inaccoutumé se passe. Entre les troncs que l'éclat multiplié des constellations baigne d'une vague lueur, quatre hommes, ou plutôt quatre fantômes se suivent à la file indienne. Tout à coup, et comme obéissant à un mot d'ordre, la procession s'arrête. Le premier des fantômes, porteur d'une lanterne sourde, en promène le reflet de droite à gauche, lentement et circulairement. Le second aussitôt roule de son tambour. Le troisième, balançant un ustensile qui paraît être un arrosoir, fait jaillir vers le sol, dans la clarté de la lanterne, une pluie de diamants liquides. Alors le quatrième – celui-ci armé d'un panier – tombe à genoux... Et, l'incantation finie, tout rentre dans le silence et l'ombre, jusqu'à ce qu'un nouveau roulement, un nouveau jet de vive lumière viennent trahir sur un autre point de la plaine la présence de ces étranges promeneurs.

« Que pensez-vous, brigadier ?

– Qu'il faut se coucher en tirailleurs, observer et attendre. »

Ils n'attendirent pas longtemps. Presque sous leurs pieds, au bas de l'escarpement formé par le bord extrême du plateau, soudain la lanterne luisit et le tambour sonna.

« En avant ! cria le brigadier.

– En avant ! » répéta le garde.

Prêts à prendre leur élan, ils se dressèrent. Mais au même moment, derrière eux, la lune apparaissant par-dessus les collines, étendit sur tout le plateau sa blanche nappe de lumière ; et deux gigantesques ombres portées, l'une coiffée d'un simple képi, l'autre d'un tricorne en bataille, s'allongèrent démesurément dans la direction de la plaine restée obscure, comme si les deux représentants de l'autorité, grandis soudain de plusieurs coudées, se fussent étalés à plat, face contre terre.

Les fantômes avaient-ils entendu les voix du gendarme et du garde ? Avaient-ils aperçu leur double silhouette ?... Mais en moins de temps qu'il n'en faut pour le dire, le tambour se tut, la lanterne s'éteignit, et le garde avec le gendarme, malgré la hâte qu'ils y mirent, ne purent, arrivés sur les lieux, que constater de nombreuses traces de pas autour d'un rond encore humide.

Cette nuit, le brigadier ne dormit guère, et sa femme en fut effrayée.

Il songeait que depuis deux mois, chaque samedi, quatre particuliers suspects se livraient nuitamment à d'inexplicables sarabandes, et que le moment était venu, pour l'honneur de la gendarmerie, de mettre bon ordre à tout cela.

Qui pouvaient bien être ces particuliers ?

Des fantômes ?... Non ! Les gendarmes ne croient pas aux fantômes.

Des chercheurs de trésors ?... L'hypothèse à première vue parut séduisante au brigadier. Pourtant l'arrosoir, le tambour le déconcertaient. On n'arrose pas les trésors ; on ne cherche pas de trésors au son du tambour.

Des sorciers, alors ? Mettons des sorciers ! Avec des sorciers, tout s'expliquait.

Puis il réfléchit qu'après tout, la chose pouvait bien se rattacher à la politique. En effet le sentier bordé de murs en pierres sèches par où évidemment, car il n'y avait que celui-là, les rôdeurs avaient pris la fuite, menait droit au *Mas de l'Agasse*. Or, ce Mas de l'Agasse appartenait au sieur Baculas, tueur de tourtres, bon vivant, qui aimait par farce à faire courir les gendarmes et que les gendarmes avaient à l'œil un peu à cause de cela, et aussi, quoiqu'on fût en république, à cause de ses opinions scandaleusement avancées.

Pincer Baculas, quelle joie !

« On verra voir, » se dit le brigadier.

Et, son plan dressé, sa résolution prise, il s'endormit du sommeil des justes.

Le lendemain, beau jour de dimanche, le brigadier, rasé de frais, coquet dans sa petite tenue, avec l'air aimable et l'allure d'un guerrier point méchant qui se promène pour son plaisir, se dirigea, dès que le soleil fut assez haut, du côté du Mas de l'Agasse.

Le toit fumait.

« Les particuliers y sont ! »

Ce disant, il huma l'air et renifla en chien chasseur qui se sent sur la bonne piste.

Comment douter d'ailleurs ? D'un premier rapide coup d'œil jeté dans l'intérieur du cabanon par la porte laissée grande ouverte, ne venait-il pas d'apercevoir – suspendues au mur en manière de panoplie – les plus probantes des pièces à conviction : un grand panier, un arrosoir, l'œil convexe et rond d'une lanterne, sans compter le tambour qu'une serviette voilait.

Les criminels ne se troublèrent pas, au contraire.

« Tiens, le brigadier ?

– Bonjour, brigadier !

– Brigadier, entrez, si un coup de vin frais ne vous fait pas peur. »

Le brigadier entra, décidé à observer les hommes et les choses.

Sauf la lanterne et le tambour – car la présence de l'arrosoir et du panier n'avait en somme rien d'extraordinaire – un cabanon comme les autres ; une de ces cigalières sans ombre où les bons Provençaux, restés musulmans par plus d'un coin, passent leurs dimanches délicieusement à se réjouir entre amis, face à face avec la nature et surtout loin de leurs épouses. Sur les murs blanchis à la chaux et décorés d'ustensiles de cuisine, se lisaient des inscriptions joyeuses : « *Buvons ! – Chantons ! – Égayons-nous !* » Des listes de convives, au crayon, avec une croix à côté du nom des morts, rappelaient la date et le souvenir des déjeuners marquants dont le cabanon fut le théâtre. Au milieu de la cheminée, une pendule peinte en trompe-l'œil, sans aiguilles, s'enguirlandait de la philosophique devise : « *Ici le cadran n'a pas d'heures.* »

Sous la surveillance de trois hommes attentifs à entretenir les braises, trois casseroles glougloutaient. Le quatrième, Baculas lui-même, bras nus, le front emperlé de sueur, broyait l'aïoli sacré dans un coin.

Tout à coup, d'un geste d'Hercule déposant sa massue, il planta le pilon de bois au centre de l'odorante et tremblotante pommade, et comme le pilon tint debout :

« Tous à table, l'aïoli est pris. »

Puis, se retournant, et comme redescendu aux choses terrestres :

« Tiens ! c'est vous, brigadier... Vous ne refuserez pas de goûter notre aïoli ? »

Le brigadier accepta sans trop se faire prier, bien que sa délicatesse s'offusquât de partager le pain et le sel avec des escogriffes qu'il espérait bien appréhender au collet avant peu.

« Et la morue ? disait Baculas. – La morue est prête. – Fait-elle la pierre à fusil ? – Elle fait la pierre à fusil. – Bon ! Et les haricots verts ? Les pommes de terre ? – Les haricots verts, les pommes de terre sont à point. – Et les cacalauses ? (cacalause est le nom qu'ont les escargots en langue d'oc). – Flairez plutôt, elles embaument. – Alors il n'y a plus qu'à manger. »

Tous prirent place ; et Baculas, avant de s'asseoir, prononça en guise de bénédicité la phrase classique :

« Souvenons-nous, braves gens, que les anciens Romains faisaient nicher les escargots et mangeaient l'aïoli trois fois par semaine, ce qui ne les empêcha pas d'être des conquérants distingués, et de mourir vieux à l'occasion. »

Le brigadier pensait à part soi : Je crois, nom d'un cheval, qu'on se fiche de la gendarmerie !

« Voyons, brigadier, qu'avez-vous ? Quelque chose vous préoccupe. Vous mangez, un œil sur l'assiette, l'autre sur la lanterne et le tambour ; et pas plus tard qu'hier soir, du haut du plateau de Font-Sèche, avec ce brigand de Picardan, vous nous espionnez... Ne niez pas. On vous a vus : votre tricorne cachait la lune.

– Croyez, messieurs…

– Ah ! vous avez voulu savoir nos secrets, vous avez voulu pénétrer nos mystères ? Eh bien, vous saurez, vous pénétrerez… Camarades, qu'on ferme la porte !... Et quand tout vous sera révélé, jurez, brigadier, que vous ne nous trahirez point. »

Le brigadier était seul, il n'avait pas son sabre, il jura.

« Apprenez donc, brigadier, commença Baculas d'une voix tonnante, que pareillement aux Romains leurs aïeux, les fils de la Provence furent toujours friands d'escargots. À Roquevaire surtout ! car nulle part on n'estime l'escargot autant qu'à Roquevaire.

« Malheureusement, l'escargot est un gibier capricieux, qui choisit ses heures. L'escargot ne montre ses cornes qu'en temps de pluie… Quelle misère lorsqu'il ne pleut pas !

« L'hiver, passe encore ! Avec du temps et de la patience, on finit toujours par en dénicher quelques douzaines dans les trous de mur où ils sont endormis.

« Mais l'été – à moins d'une ondée providentielle qui vienne une fois par hasard rafraîchir le toit en tuiles rouges du cabanon et ses arbustes poussiéreux sur lesquels les cigales crient comme si elles étaient en train de frire à la chaleur – l'été, avec un terrain sec et dur qu'un coup de mine n'entamerait pas, nul moyen de se procurer les intéressants gastéropodes... Là, brigadier, que feriez-vous ? »

Interloqué, le brigadier oublia de répondre, se demandant où son interlocuteur voulait en venir.

« Et pourtant, continuait Baculas, le moyen existe, grâce auquel on peut persuader aux escargots enfouis sous terre de venir se promener à la surface du sol. Mais pour le trouver, ce moyen il fallait toute l'ingéniosité native des Provençaux en général et des Roquevairois en particulier... Inutile de chercher à deviner, brigadier, puisque vous n'êtes pas de Roquevaire.

« Voici d'ailleurs succinctement la manière dont s'organisent, entre Roquevairois initiés, ces petites expéditions nocturnes.

« On part quatre, à la queue leu leu, d'un pas uniforme, comme hier vous avez pu nous voir faire ; et, l'un dissimulant une lanterne sourde, le second portant un tambour, le troisième un arrosoir et le quatrième un panier de taille, on va se perdre sous les oliviers. Aux endroits propices, l'homme à la lanterne démasque sa lanterne, et, d'un coup de poignet rapide, en promène vivement la lueur sur le sol ; l'homme au tambour exécute un sourd roulement, l'homme à l'arrosoir arrose en mesure. Trompé par ce simulacre d'éclair suivi de tonnerre et de pluie, le naïf escargot sort de ses retraites. Il est alors délicatement cueilli par le quatrième compère qui le jette dans son panier.

– Drôle de chasse ! fit le brigadier vexé au fond sans vouloir le laisser paraître.

– Chasse amusante, reprit Baculas implacable, et qui ne nécessite pas de permis. »

L'histoire est-elle vraie ? Pourquoi non !... Je me suis borné à la transcrire telle qu'elle me fut racontée par le grand Mimile, un Marseillais pur sang qui n'a pas son pareil pour déchiffrer les devinettes. En tout cas, une chose que je puis affirmer, c'est que, dans toute la Provence, alors qu'il éclaire et qu'il tonne, les bonnes gens, après s'être signés ou non, ne manquent jamais d'ajouter en regardant l'averse crever les nuages :

« *Voilà le tambour de Roquevaire qui bat le rappel des escargots.* »

Le renard aveugle

Je ne reconnaissais pas mon pays, ou plutôt c'est lui qui ne me reconnaissait pas, car bien que – plein d'une provençale assurance – j'eusse fait mon entrée dans la ville en petit paletot mince et clair, le ciel restait triste obstinément, voilé par les brumes qui tout le jour montaient du Rhône.

On ne voyait plus le Ventour ; et c'est à peine si, quelques minutes durant, à l'approche du soir, un rayon illuminait les tours jumelles du fort Saint-André et les créneaux sarrasins du palais des Papes.

Enfin, lasse de tirer avec des gants gris-perle les verrous des portes de l'Orient, l'aurore, ce matin, a laissé voir ses doigts de rose. Ce matin, un coup de lumière fracasse mes vitres et envahit la chambre d'auberge où, dans mon désespoir, je m'étais réfugié à quelques kilomètres de la ville.

Plus de ces sifflets de train en marche qui m'arrivaient lointains et monotones, annonçant, sans espoir possible, la continuation du temps noir. Au contraire, dès le saut du lit, je suis accueilli par un joyeux cliquetis de bastonnade, comme si là, devant ma porte, Polichinelle rossait de sa trique formidable un guet composé d'archers en bois.

Je sors : c'est le mistral, le *mange-fange* qui rend les chemins plus durs que le marbre et le ciel plus clair qu'un miroir ! Pour la première fois depuis mon arrivée, je suis obligé de cligner de l'œil devant l'éclat des rochers blancs, de la route blanche, du Rhône frisé en mille vagues où s'éparpille le soleil, et de l'horizon de montagnes dont une argentine vapeur doucement teintée de violet ennoblit encore les lignes classiques.

Au premier plan, au haut d'un poteau, sur le bleu satiné du ciel, un moulin à vent minuscule tourne, actionné furieusement par le vent divin, le *Circius* irrésistible que les Romains ont adoré ; et ce moulin, à chaque tour de ses palettes, heurte, butte, choque et repousse la longue lance d'un Don Quichotte monté sur ressorts, grave et naïve marionnette à qui ces atouts précipités donnent les gestes et l'allure d'un chevalier livrant bataille.

« Cet homme armé, m'a dit l'aubergiste, est le meilleur des

baromètres ; quand il se met à faire tapage, on n'a plus à craindre le mauvais temps. »

Et, sur la foi du Don Quichotte qui continue à s'escrimer de plus belle, tandis que le moulin à vent, piqué d'honneur, tourne plus fort, nous partons pour la ferme de *Côte-d'Âne* où il s'agit, par suite d'un pari gastronomique, de manger, en l'arrosant d'un introuvable vin de vignes mortes, une brochette de *grassets* véritables, et de bien me prouver que les oisillons à gros bec dont je me suis sottement régalé hier, dans un hôtel aux environs du Pont du Gard, étaient non des grassets, mais de vulgaires *pétardiers*.

Un étroit sentier, circulant, parmi des bouquets de chênes nains, sur le pan coupé de la montagne, conduit à la ferme de Côte-d'Âne. Nous entendons le mistral souffler, et nous le voyons – car on le voit réellement – nous le voyons là-bas, dans la plaine, argenter les champs d'oliviers au passage de ses rafales, et, le long de la grand-route sans poussière, tourmenter le manteau des voyageurs grelottants. Ici, à l'abri, sous le cagnard, des rayons chauds comme en été, et pas un souffle ! L'aubergiste l'avait promis :

« En prenant par le raccourci, vous pourriez marcher, sans l'éteindre, avec une chandelle allumée... »

Nous n'avons pas de chandelle pour tenter l'expérience ; mais si nous en avions une, en dépit des enragés tourbillons qui ronflent sous nos pieds et au-dessus de nos têtes, il est certain qu'elle ne s'éteindrait pas.

Voici bien, en effet, le grasset véritable ! Moins fin peut-être que l'alpin, il descend comme lui en plaine quand la neige le chasse des hauteurs, et comme lui on le fait cuire dans l'intérieur d'une énorme truffe – autant de truffes que de grassets ! – soigneusement bardée de lard et creusée d'un seul bloc, ainsi que le sarcophage d'un roi ninivite.

Après le déjeuner, nous sommes descendus nous chauffer à la cuisine, car avec ce mistral qui teint le ciel du plus vif azur, on cuit au soleil, mais on gèle à l'ombre.

Dans le coin de la cheminée, un solide gaillard, le garçon de ferme, geignait, emmitouflé, écoutant le feu, tandis que, devant lui, sur un des grands landiers évasés en porte-écuelle, un bol de tisane fumait.

« Eh bien, Bartoumiou, lui dit le maître, ça va-t-il un peu mieux que l'autre jour ?

– Pas encore trop fort !... Que voulez-vous ; après une émotion pareille !

– Allons, tant mieux ! Ça t'apprendra à me prendre mon fusil pour tirer les lapins en cachette. »

Le début m'intéressait : il y avait là une aventure ! Désireux de connaître la suite, je me gardai bien de souffler mot. Les gens d'ici sont surtout ennemis du silence, et l'on n'a qu'à se taire pour les obliger de parler.

Le maître, en riant, continuait déjà :

« Quelle peur, mon pauvre Bartoumiou, quelle belle peur et quelle course !... Ah ! monsieur, il fallait le voir dégringoler le raidillon, sans chapeau, le fusil en l'air, avec les cailloux qui roulaient et les clous de ses souliers qui faisaient feu dans les cailloux.

– Le diable, maître, j'ai rencontré le diable !...

– Tu as rencontré le diable, Bartoumiou ?

– Oui, là-haut, près du grand rocher, à l'endroit où il y a des genêts d'Espagne.

– Et comment est-il ?

– Épouvantable : il ressemble à un vieux chien roux !... Oui, riez, riez, soupirait Bartoumiou, mais il n'y a pas là tant de quoi rire , et vous n'en auriez pas mené plus large que moi, si, à ma place, attendant un lapin au petit jour, vous auriez vu venir lentement sous le fourré cette grosse bête hérissée et maigre, avec des oreilles pointues, qui trébuchait à chaque pas, et se heurtait tout en marchant contre les rochers et les troncs d'arbre. Je mets en joue malgré ma frayeur, je mire, je tire, je manque... et voilà la bête qui, au lieu de s'enfuir, s'assied sur son train de derrière, puis, faisant tinter un grelot, se frotte et refrotte le nez comme pour me faire la nique.

– Et tu as couru, Bartoumiou ?

– Si j'ai couru ! Un gendarme aurait couru, et vous auriez couru vous-même...

– Ce qui n'empêche pas que nous l'avons pris et mis en laisse, le diable qui t'avait tant fait peur... Allons, montre-toi, Sans-Malice. »

À cet appel, accompagné d'un coup de pied, un animal remua que j'entrevoyais vaguement aux lueurs dansantes de la flamme. C'était un renard... Pris au piège par des paysans que ses rapines exaspéraient, on lui avait crevé les yeux et puis on l'avait lâché à travers champs, aveugle, avec un grelot au cou, pour que l'horreur de son supplice servit d'exemple aux autres renards.

Errant et lamentable, mourant de faim et d'abandon, après sa rencontre avec Bartoumiou, les gens de la ferme le recueillirent. Il se trouvait bien à la ferme, il engraissait, le poil redevenait luisant, parfois même, poussé par l'instinct, il se dirigeait à tâtons vers le coin de la cour où loge la volaille.

« Tenez, regardez, il y va ! »

En effet, à un chant de coq, Sans-Malice s'était dressé, museau tendu, l'oreille en pointe ; il alla d'abord du côté de la porte, mais il se cogna contre un meuble ; et alors, assis sur son train de derrière comme Bartoumiou l'avait vu, hésitant, ne comprenant pas, essayant encore, essayant toujours de chasser le nuage rouge qui lui fait une nuit éternelle, lentement et obstinément, avec un geste maladroit d'une tristesse presque humaine, il passait et repassait sa patte gauche devant ses yeux ensanglantés.

Un homme heureux

Notre voisin, un bon voisin, ce qui devient rare ! s'appelait Mïus de la Celeste, les gens ayant la coutume chez nous de donner à l'homme le nom de sa compagne quand celle-ci est maîtresse-femme et se distingue en bien ou en mal par quelque chose de peu ordinaire. Hélas ! depuis longtemps la Celeste dormait le long de l'église, et le vieux Mïus, malgré son grand âge, persistait à vivre seul dans un bien qu'il possédait au quartier des Hubacs, loin de la ville.

Pas très gai, le quartier des Hubacs : supportable à peine au printemps, avec ses rangées d'amandiers fleuris et blancs au milieu des blés qui verdoient, mais déplorablement désolé quand, une fois les récoltes enlevées, il ne reste plus entre les chaumes, sous les amandiers recroquevillés, que la terre sèche et poudreuse où luisent des fragments de silex noir.

La bastide du vieux Mïus n'en paraissait que plus galante par contraste ; et l'on aurait dit que toute l'humide fraîcheur de ce maussade revers de montagne s'était écoulée, ramassée au creux de son vallon. Un modeste vallon, d'ailleurs : d'abord simple déchirure de marne bleue, *lavine* bientôt élargie et devenue propre aux cultures, mais tout de suite coupée en travers par le lit pierreux d'un torrent. Seulement, de la *lavine* au torrent, tenait, en tout petit et comme résumé, un véritable domaine. Là-haut, ressource précieuse pour le chauffage et les fumiers, un bosquet de chênes jetait son ombre ; au-dessous, le coteau produisait, bon an mal an, trois ou quatre airées ; quelques pieds d'oliviers, un peu de vigne ; et, dans le fond, la bande verte d'un excellent pré.

Le tout acquis autrefois très bon marché, « pour un morceau de pain », disait le vieux Mïus qui, sur le conseil d'un avocat, son camarade de chasse, avait enlevé les Hubacs aux enchères et sans concurrence, en 1851, immédiatement après l'essai de résistance au coup d'État, alors que les prisons étaient pleines et que les gens traqués songeaient à autre chose qu'à s'arrondir.

Ajoutons que les Hubacs dataient de la Restauration. Un enfant du pays, parti simple soldat et revenu des champs de bataille de l'Empire avec les épaulettes de gros-major, s'était plu à embellir cette seigneurie en miniature d'après un idéal et des souvenirs sans doute rapportés d'Italie. Il en avait fait une villa comme on en voit autour de Gênes. De là, sur les murs, ces noms de victoires et de pays lointains, encadrant des fresques effacées ; de là ce balcon en terrasse dont les six piliers de grès rouge portaient les sarments tordus d'une treille, et ce jardin planté de rosiers embroussaillés au milieu d'une enceinte de cyprès, de lauriers et de grenadiers. Je n'affirmerais pas que le vieux Mïus y fût sensible, mais, dans leur abandon paysan, les Hubacs, il y a quelques années, conservaient encore je ne sais quoi de poétiquement virgilien.

J'étais à notre bastidon de la Cigalière, une après-midi du mois d'août, lorsque, à travers le vacarme infernal que faisaient les cigales, il me sembla que quelqu'un m'appelait.

« C'est le vieux Mïus qui vous *crie*, affirma un journalier ; je l'avais laissé tout à l'heure en train de déchausser les racines d'un peuplier qu'il voulait abattre, pourvu qu'il ne lui soit pas arrivé malheur !... »

Et, tandis qu'avec une sage lenteur le journalier passait sa veste, je partis en courant vers les Hubacs, par le sentier pendant, bordé de gazon grillé, d'où s'élevaient des sauterelles en vols si drus qu'elles me cinglaient le visage comme une mitraillade de balles.

Le vieux Mïus n'avait aucun mal. Tout joyeux et ragaillardi, il arrivait à ma rencontre.

« Ne courez pas si fort, rien ne presse ; la source, Dieu merci ! n'est pas près de tarir.

– Vous avez donc trouvé la source ?

– Tout à l'heure, par un miracle. Ah ! je savais bien qu'elle y était, et que le Gros-Major n'avait pas construit pour rien ce grand réservoir que les maigres larmes de ma fontaine ne rempliraient pas en un an... L'avais-je assez cherchée, un peu partout, la source perdue ? et s'était-on assez gaussé de moi quand je faisais tourner la baguette !... Je la tiens maintenant, regardez plutôt. »

Il me montrait, en effet, à côté d'un peuplier renversé, racines en l'air, un trou profond d'où sortait une eau bouillonnante.

« Ça ferait tourner un moulin !... Mais vous figurez-vous ma surprise quand, le peuplier tombant, j'ai vu entre deux grosses pierres, à la place où étaient les racines, tant de belle eau claire jaillir. »

Des larmes plein ses yeux plissés, avec cette adoration de l'eau que nos paysans du Midi semblent avoir héritée des Maures. il s'agenouillait et puisait à la source dans le creux de ses mains dures et rouges, d'où s'écoulaient des fils d'argent comme d'une poterie fêlée.

« Goûtez, pour voir comme elle est douce ! »

Puis, tout à coup, une idée lui vint :

« Et *Petit-Poucet*, et *Samson*, et *Chut* qui n'en savent rien ! »

Le vieux Mïus siffla d'une certaine façon. Aussitôt un âne, un chien, un canard, tous les trois paraissant très vieux, tous les trois marchant à la file, arrivèrent du bout du pré.

« Vont-ils s'en donner, les gaillards !... Tenez : Petit-Poucet qui barbote déjà, et Samson qui se met à braire. Chut ne dit rien, selon son habitude, mais il est content, il remue la queue ; il sait que l'eau fait l'herbe, que l'herbe fait le mouton, et que le mouton fait les côtelettes... Maintenant. pour fêter ma chance, il s'agirait de déboucher une bouteille de vin gris. »

Bon vin, ce vin gris, fabriqué par le vieux Mïus avec les raisins grecs de sa treille ; bon vin, certes, et meilleur encore quand on le boit ainsi en plein air, sur un banc de pierre, à la porte même d'une cave creusée dans la pente du sol.

Le canard nous avait suivis.

« Il ne me quitte jamais d'un pas, racontait le vieux Mïus en lui jetant du pain ; quand je pars des Hubacs, il m'accompagne amicalement jusque là-haut à ma limite. Sans jamais s'écarter plus loin, par exemple ! car il connaît son cadastre comme un arpenteur... Et dire que j'ai voulu le vendre ! Oui, un jour, histoire de rendre service, je le cédai à l'aubergiste du Soleil-d'Or, qui en avait besoin pour un repas de noces... Savez-vous ce que fit le canard ? c'est depuis, que je l'ai surnommé Petit-Poucet ; eh bien, le canard s'échappa et revint tout seul jusqu'ici. Trois kilomètres de chemin que certainement il ne connaissait pas, puisqu'on l'avait emporté à la ville dans un panier... J'étais à l'affût ce soir-là ; je le voyais, pécaïre ! descendre le sentier, clopin clopant, sous le clair de lune, comme quelqu'un qui sait où il va, et je faillis, ma foi ! le tuer, le prenant au moins pour une outarde. »

À ce moment l'ombre portée de deux oreilles se profila sur le mur blanc.

« Allons, bon ! voici les deux autres : Samson et son inséparable. Chut ne le quitte jamais ; et, dame ! on s'aimerait à moins, Samson lui ayant sauvé la vie. Un jour j'étais allé au Communal avec l'âne et suivi du chien pour rapporter un faix de litière. Tout affectionné à couper mes buis, j'entends soudain dans un creux des aboiements épouvantables. Il faisait petit jour, heure où les blaireaux rentrent au terrier, et le chien venait d'en surprendre un qui était de taille. Se roulant en boule, le blaireau avait fini par saisir le chien à la gorge ; or, le blaireau a la dent cruelle et ne lâche plus quand il tient. Que faire ? J'avais bien mon fusil, pris avec l'espoir de rencontrer un lièvre, mais je n'y voyais pas très clair et, en tirant, je risquais de tuer Chut... Qui ne vous a pas dit que l'âne eût plus de courage que moi ? Pendant que je perdais mon temps à calculer, lui, à force de se secouer, venait à bout d'arracher sa longe ; il arrivait droit sur le blaireau, lui cassait net l'échine d'un coup de mâchoire, et puis l'achevait, piétinant et montrant les dents comme s'il avait eu envie de rire... Depuis cette affaire, Chut est grand ami de Samson, et Samson n'a pas de plus grand bonheur que lorsque je lui permets de coucher près de Chut, sur la paille de l'écurie. »

Samson et Chut écoutaient, ayant l'air de certifier l'histoire, tandis que le canard, se dodelinant entre nos jambes, poussait de petits coin-coin approbatifs.

« Que voulez-vous, conclut le vieux Mïus, tous les gens de mon temps sont morts, il n'y a plus que mes bêtes qui m'aiment... »

Nous bûmes un dernier coup là-dessus, à la santé de la source. Le soleil venait de disparaître derrière la montagne, brusquement. Vers les lointains assombris commençait le chœur vespéral des rainettes. Il n'était que temps de partir. Le vieux Mïus m'accompagna, suivi de son canard, jusqu'à la limite du champ.

Et, songeant aux tracas sans but que nous crée la vie parisienne, seul sur le chemin, dans la mélancolie de la nuit tombante, je me pris à envier cet homme heureux.

Or, voici par suite de quelle aventure mon ami Naz fut voué au vert :

Blasé sur les joies du collège, fatigué de fumer toujours des feuilles sèches de noyer dans des pipes en roseau, et d'élever des serpents avec des cochons d'Inde au fond d'un pupitre, mon ami Naz résolut un jour de s'offrir des émotions plus viriles.

Et, le képi sur l'œil, le cœur battant à faire éclater sa tunique, il entra, mon ami Naz, au cabaret de la mère Nanon.

Tous les collégiens un peu avancés en âge le connaissaient, ce cabaret : une porte basse sur la rue, un petit escalier à descendre, un corridor à suivre, et l'on se trouvait dans la *salle !* avec son plafond à solives, sa fenêtre qui regarde la Durance, et la bataille d'Isly accrochée au mur.

Ô joie, ô paresse !... Le collège à deux pas (parfois même nous en entendions la cloche) et du soleil plein la fenêtre, et la grande voix de la Durance qui montait.

« Une topette de sirop, mère Nanon !

– De sirop, petits ?... Est-ce de gomme ou de capillaire ?

– De capillaire, mère Nanon. »

Et la mère Nanon apportait une topette de capillaire. De la pointe d'un couteau, elle enlevait – clac ! – le petit bouchon, puis renversait sa topette, le col en bas, dans le goulot d'une carafe pleine de belle eau claire. Le sirop s'écoulait peu à peu, avec un joli bruit, comme le sable d'un sablier. L'eau claire, le sirop s'y mêlant, se troublait de petits nuages couleur d'opale et d'agate, et de grosses guêpes attirées montaient et descendaient le long du verre, curieusement.

Mon ami Naz, qui était en fonds ce jour-là, but à lui tout seul huit ou dix carafes. Puis, la tête échauffée, il se mit au billard, à *faire la partie.*

Je le vois encore ce billard : un solennel billard à blouses, du temps de Louis le quatorzième, décoré de grosses têtes de lion à ses quatre coins, têtes de lion qui ouvraient avec fracas leur gueule en cuivre, chaque fois qu'au hasard de la partie une bille tombait dedans. Les billes, d'ailleurs, étaient en buis, les queues sans procédé, et les bandes, antérieures, paraît-il, à l'invention du caoutchouc, semblaient rembourrées de lisière. Quant au tapis, qui en décrirait les reprises sans nombre et les maculatures ?

Mon ami Naz, ce jour-là, gagnait tout ce qu'il voulait.

Pourquoi ne s'arrêta-t-il pas à temps ? Et d'où vient cet amer plaisir que trouve l'homme à tenter la destinée ?

Naz gagnait tout : partie, revanche et belle. Il n'avait qu'à s'en aller, il resta. Il n'avait, le dernier coup fait, qu'à poser la queue glorieusement. Il préféra, le dernier coup fait et marqué, garder la queue en main pour *continuer sa série.*

Et il la continua, le malheureux ! Il fit un, deux, trois carambolages ; il en fit cinq, il en fit six ; il en fit huit, il en fit dix ! Et les billes allaient, venaient, s'effleuraient et tourbillonnaient, puis s'entrechoquaient doucement, comme attirées par un aimant invisible ! Et les carambolages roulaient, et les spectateurs applaudissaient, et la vieille Nanon elle-même, remuant des sous dans la poche de son tablier, admirait et faisait galerie !

Tout d'un coup – c'était un effet de recul ! – la queue, lancée d'une main nerveuse, glisse sur la bille et la manque ; le tapis craque, le tapis se fend triangulairement, et la queue presque tout entière s'engouffre et disparaît dans un abîme de drap vert !

Le tonnerre en personne serait tombé dans la salle, que le saisissement n'eût pas été plus grand. Chacun s'entreregarda. Naz, le malheureux Naz, resta debout, comme stupéfait, le corps en avant et la bouche ouverte.

« Son père ! s'écria la vieille Nanon, qu'on aille chercher monsieur son père ! »

Le père de Naz arriva.

On s'attendait à une explosion de colère. Il se montra glacial et digne :

« Combien ce tapis ?

– Soixante francs, mon bon monsieur, pas moins de soixante francs.

– Voici soixante francs !... et qu'on me donne le vieux drap. »

Puis, les bandes déboulonnées et le tapis décloué :

« Emporte-moi ça, » dit le père en remettant à Naz le tapis roulé.

Que comptait-il faire ?

Le surlendemain, tout fut expliqué quand nous vîmes entrer le malheureux Naz vêtu de vert de la tête aux pieds : habit vert, gilet vert, pantalon vert, casquette verte, et non pas vert-pomme ou vert-bouteille, mais de ce vert cruel et particulièrement détestable qu'on choisit pour les tapis de billard. Sur l'épaule droite, nous reconnûmes tous une grande tache faite par la lampe à schiste, et sur l'épaule gauche une petite meurtrissure bleue imprimée dans le drap par un *massé* trop brutal.

À partir de ce jour, mon ami Naz passa une jeunesse mélancolique.

Six ans durant, son père fut inflexible ; six ans durant, des habillements complets de couleur verte sortirent pour le malheureux Naz de cet inépuisable tapis.

Ses camarades le raillèrent.

Les gens de la ville s'habituèrent à rire de lui.

Et le malheureux Naz souffrit beaucoup de toutes ces choses, étant né avec un cœur aimant.

On le surnomma le lézard vert.

Sa figure, à force d'ennui, devint peu à peu verte comme le reste. Il se mit à boire de l'absinthe !

Enfin, à l'âge de vingt ans, long, maigre, et toujours habillé de vert, mon pauvre ami Naz, ayant pris l'humanité en haine, s'embarqua vert et seul pour les Grandes-Indes, le paradis des perroquets !

L'arrestation du trésor

I

– Vous ne reconnaissez plus *Brame-Faim* ? me disait le vieil Estève.

Le fait est que je n'aurais pas reconnu la rocheuse métairie des Estève, de stérilité légendaire, en voyant, à la place des maigres champs d'avoine et d'orge perdus dans de maigres taillis, s'aligner les allées de vigne, et, entre les allées, le blé verdir sous les amandiers.

– C'est cadet qui a changé tout cela. Avant lui le plateau ne produisait guère : trop de cailloux ! À double semence, la bonne herbe poussait pauvre et rare. Nous épierrions bien de temps en temps ; mais la Durance est au diable, où précipiter les pierres ? Il fallait donc les entasser au milieu des champs, à la vieille mode ; et les tas croissant chaque année, s'élevant toujours, s'étalant toujours, finissaient par manger la terre. Brame-faim en avait une demi-douzaine pour sa part, énormes, s'il vous en souvient, et datant du temps de la reine Jeanne. Ces *clapas* faisaient notre ruine. Mais Cadet était revenu du collège avec des idées ; il trouva le joint, vous allez voir. On rectifiait la route départementale, et ces messieurs des ponts-et-chaussées allaient loin d'ici, à grands frais, chercher leurs matériaux d'empierrement. Cadet sella notre grise et fit un voyage au chef-lieu, emportant un sac de ces cailloux ronds, durs comme l'acier, qui épointent les pioches ; il vit le préfet, l'ingénieur, montra ses pierres : nous les donnions pour rien, il n'y avait qu'à se baisser et les prendre. Bref ! un beau matin les tombereaux de l'administration arrivèrent ; en un rien de temps, sans que j'eusse déboursé un liard, tout a été enlevé, le champ rendu net comme la paume de la main ; et c'est sur ces pierres, où, étant collégien, vous avez usé tant de culottes, que, tout à l'heure, votre voiture roulait.

Le vieil Estève disait vrai : dans cette mer de blé où courait la brise, je cherchais vainement les grands *clapas*, joie de mon enfance, qui jadis se dressaient là.

Un pourtant restait, le plus petit, tout près de la ferme restaurée.

– Et celui-là, père Estève, l'avez-vous gardé pour la graine ?

– Celui-là, répondit-il, un peu embarrassé, oui, on l'a gardé... je n'ai pas voulu... il sert de clôture au jardin et préserve le jardinage du mistral.

Mais voyant sans doute dans mes yeux que l'explication semblait insuffisante :

– Et puis, je vais vous dire, il y a un chrétien enterré dessous.

– Un chrétien, père Estève ?

Le père Estève ne voulut pas me laisser croire qu'un drame récent eût ensanglanté sa métairie, aussi se hâta-t-il d'ajouter :

– Oh ! ne craignez rien, ce mort n'est pas d'hier, et l'affaire remonte à l'*arrestation du trésor*, du temps de l'ancienne République.

II

Je la connaissais bien, cette arrestation du trésor dont, après soixante ans, on ne s'entretenait qu'à voix basse, les meilleures familles de notre petite ville s'y trouvant compromises.

Il planait des légendes là-dessus.

Tout petit, près du lavoir, j'avais certain jour eu grand-peur, à voir la vieille femme majestueuse et sèche qu'on nommait la longue Éponine entrer en fureur, s'arracher rubans et coiffe et secouer dans la mêlée des battoirs ses mèches grises d'Euménide, parce que les lessiveuses, se disputant pour la bonne place, lui avaient demandé – allusion sanglante ! – combien il faut de pièces de cinq sous pour faire cinq cents francs.

La longue Éponine, paraît-il, avait coopéré à l'arrestation, et touché, pour sa part, cinq cents francs en pièces de cinq sous, comme les autres. Et le soir, parlant de ces choses, voici ce qui se raconta à la veillée.

Une fillette de Vilhosc, qui avait vu, après le coup fait, les voleurs manger une omelette au jambon dans une ferme, était entrée en service à la ville. Un jour, elle dit, désignant un riche bourgeois qui passait : « Je le reconnais, en voilà un qui a mangé de l'omelette. » Alors ses maîtres, avertis, l'avaient envoyée, aussitôt la nuit, remplir la cruche à la fontaine. Jamais elle n'en était revenue. Des gens apostés l'avaient saisie, bâillonnée, liée, cousue dans un sac et jetée du haut du vieux pont au beau milieu de la Durance. C'était du temps de la République. Et ces récits nous inspiraient une égale horreur pour cette République, dont le nom résonnait toujours à propos de crime, et pour la tragique fontaine que nous évitions maintenant par un long détour quand, le soir, au sortir du collège, nous l'entendions bouillonner, invisible, et vomir l'eau de ses quatre canons dans le coin sombre de la place.

<h1 style="text-align:center">III</h1>

Plus tard, j'appris que l'arrestation et les actes sanglants qui l'accompagnèrent devaient être portés au compte du parti royaliste.

C'est l'an VI ou l'an VII que la chose s'était passée. Le coup d'État du 18 Fructidor venait de terrifier les cocardes blanches ; Bernadotte commandait à Marseille ; les compagnons de Jéhu, traqués, dispersés, laissaient respirer la Provence. Quelques débris épars de leurs bandes, réfugiées dans les Basses-Alpes, à l'abri des torrents et des rochers, osaient seuls se manifester de loin en loin par un assassinat mystérieux, le pillage d'une diligence ou l'attaque à main armée sur les routes des malles du gouvernement. Mais encore fallait-il faire ses coups dans l'ombre, barbouillés de poudre et masqués. L'exemple d'Allier guillotiné comme assassin, bien qu'il eût frappé avec un poignard marqué de fleurs de lis, conseillait la prudence.

Aussi ne fut-ce pas sans hésitation que les royalistes de Canteperdrix se décidèrent cette fois à tenter l'aventure. Le *Trésor*, dirigé de Gap sur Digne, et, de là, aux armées d'Italie, était annoncé pour le lendemain. En plus des gendarmes réglementaires se relayant de brigade en brigade, une compagnie de soldats accompagnait la voiture. Les soldats effrayaient un peu. Mais d'un autre côté l'importance inaccoutumée de l'escorte faisait supposer des sommes considérables. On parlait même de plus de cent mille francs ! Cent mille francs font beaucoup d'écus, il fut convenu qu'on arrêterait. D'ailleurs, M. Blase, bourgeois de la ville, homme prudent et parlant peu, donna sa parole qu'au bon moment la troupe serait écartée et que les assaillants n'auraient affaire qu'aux gendarmes.

La disposition des lieux favorisait singulièrement l'entreprise Il semblait que l'on eût le choix. À peine sorti de la ville, le portail de la Gardette dépassé et le vieux pont franchi, le convoi devait, deux lieues durant, jusqu'à la montée de Saint-Pierre, longer entre la montagne et l'eau une route dangereuse, déserte, sans épaulements ni parapet, tranchée à vif dans le roc calcaire dont elle épouse tous les replis et qui, à vingt pieds au-dessous, s'enfonce à pic dans les remous de la Durance. Là, pas besoin d'armes ! Quelques blocs roulants suffiraient pour culbuter l'escorte. Mais la ville s'étale en plein de l'autre côté ; l'alarme pouvait être donnée et les compagnons reconnus.

Plus loin la route quitte la rivière et gagne la hauteur à travers bois, par la montée de Saint-Pierre. Bon endroit ! Mais ici encore la proximité de deux fermes, et les grandes cultures du château de Vallée morcelé récemment, rendaient l'attaque hasardeuse.

Il fallait après cela, une heure durant, suivre le plateau régulier, alors couvert de taillis de chênes blancs, qui s'étend au-dessous du village de Salignac ; puis la route passait devant la ferme du Borni, et recommençait la descente pour rejoindre, à travers les graviers torrentiels du Riou et du Vançon qui confondent là leurs embouchures, la rive de la Durance.

C'est pour cet endroit qu'on tomba d'accord.

Les deux torrents sont séparés avant leur réunion par une sorte de promontoire buissonneux et rocheux où l'embuscade était facile. Canardée à bout portant, sans savoir d'où, l'escorte ne résisterait guère ; et, deuxième avantage ! s'empêtrant de ses lourdes roues dans les galets roulants où la route se perd, le fourgon ne pourrait pas prendre la fuite.

Les gens du Borni gênaient bien un peu ; quelqu'un le dit, mais M. Blase cligna de l'œil, et chacun s'en remit là-dessus à la sagesse de M. Blase.

On partit donc, le soir venu, non pas en troupe, ce qui aurait excité les soupçons, mais séparément, les fusils cachés dans des sacs ou sous des charges d'ânes, les uns par la route ordinaire, d'autres en tournant la montagne, par la gorge de Pierre-Écrite et le travers de Vilhosc, d'autres enfin par la rive droite : ceux-là passèrent la Durance à gué.

À l'aube, tous se trouvaient au rendez-vous, dans une bâtisse ruinée : les armes prêtes, les postes de chacun fixés, ainsi que le lieu de réunion et de partage, attendant en silence le coup de feu qui, entre dix et onze heures du matin, annoncerait que le convoi arrivait à la ferme du Borni et que le moment d'agir était venu.

IV

« C'est moi, continua le vieil Estève après ces détails que je connaissais déjà en partie, c'est moi qui devais donner le signal. Je n'avais alors que quatorze ans, mais j'étais depuis six mois pâtre à la ferme, passant les nuits dans les bois, sans rien craindre des loups ni des voleurs, avec un grand diable de pistolet plus haut que ma taille, dont un cavalier déserteur m'avait fait cadeau. Mon père répondait de moi. Comme il n'y avait pas d'hommes de reste, on me plaça pour faire la guette, sur le rocher que vous voyez là-bas pointant entre les deux graviers, et il fut convenu que je tirerais en l'air aussitôt que la tête du convoi apparaîtrait au haut de la montée.

Je m'en souviens comme d'aujourd'hui : ce devait être fin septembre ou bien au commencement d'octobre, car j'entendais au loin les gens qui teillaient le chanvre dans les fermes. Las de regarder la route blanche, et comme je commençais à avoir faim, je m'étais couché sur le ventre, et je m'amusais avec une paille à sucer le miel des nids d'abeilles sauvages dont la roche était emplâtrée. Je trouvais cela bon. Tout à coup, relevant la tête, je vis les soldats à la porte du Borni. Ils appuyaient leurs fusils contre le mur, et s'essuyaient le front avec leurs mouchoirs, comme éreintés par la chaleur d'avant midi. On leur donnait à boire dans des cruches. Pendant ce temps, le fourgon, accompagné des seuls gendarmes, prenait la pente et disparaissait sous les chênes.

Ce ne fut pas long ; je fais le signal, les nôtres courent : pif ! paf ! pif ! paf ! sous le couvert ; le postillon qui fouette ses chevaux et vient verser dans les graviers ; trois habits bleus étendus par terre ; et le fourgon était forcé, la caisse enlevée, tout le monde disparu à travers buis et chêneaux, avant que les soldats, en train de boire, eussent eu le temps de se demander ce que voulaient dire ces coups de feu. »

V

Ici le vieil Estève s'arrêta comme s'il regrettait d'en avoir trop dit :

« La fin, c'est le plus terrible ! Je m'étais bien promis de ne jamais en parler à personne. Mais ceux qui ont fait la chose sont morts, et moi qui l'ai vue, je ne tarderai guère.

C'est donc ici même, reprit-il, puisqu'il faut que vous le sachiez, qu'on s'était donné le mot d'ordre pour le partage. Rien à craindre ! la ferme se trouvait alors en plein bois. Mes bêtes enfermées sous une roche, je dégringolai vite la hauteur, et j'accourus comme les autres.

Quand j'arrivai, presque tous étaient déjà rendus, en train de boire, de manger autour de la grande table. Mes tantes servaient. Il y avait des gens de la ville, d'anciens nobles, des bourgeois, des artisans avec le fusil, des paysans avec le trident de fer à remuer le fumier, solidement emmanché et luisant du bout.

– Assieds-toi et mange ! me dit mon père.

De temps en temps un homme entrait, car chacun avait pris, qui d'un côté, qui de l'autre. Alors les premiers arrivés lui faisaient place, et on se remettait à faire aller les dents sans parler, en écoutant un bruit d'argent remué et de pièces mises en pile qui descendait de la chambre du premier.

– C'est M. Blase qui fait les parts ; il faut qu'il y en ait gros, car voici une demi-heure qu'il compte.

À la fin, un homme de la ville, paysan des bas quartiers, qu'on appelait Le Prieur, s'impatienta. On avait bu, on avait mangé, qu'attendait-on puisque tout le monde était là ?

– Il manque encore mon frère, dit un jeune homme de dix-sept à dix-huit ans qui, depuis quelques instants, regardait avec inquiétude du côté de la porte.

– C'est vrai, il manque M. César.

Je connaissais bien M. César, un noble, un réfractaire qui se cachait dans nos bois. Plus d'une fois il m'avait donné à boire de l'eau-de-vie dans sa gourde.

– Baste ! reprit Le Prieur, c'est un galant, il se sera attardé à pincer le menton à quelque bergère. Alors, moi je dis : – M. César ne peut pas tarder, je l'ai vu de loin, dans le vallon, après l'affaire, qui se lavait la figure et les mains à un trou d'eau. – Bien ! commençons toujours, on mettra sa part de côté.

Précisément M. Blase apparaissait sur l'escalier, suivi de deux hommes qui portaient un lourd caisson de fer. L'enthousiasme éclata à cette vue : – *Vivo lou rey !* La journée était bonne... Mais quels charmants garçons, ces soldats, de s'être ainsi arrêtés à boire ! À quoi Le Prieur, clignant de l'œil, ajouta : – Cela me fait penser qu'il faudra réserver la part de mon cousin Pierre du Borni, il est juste que le brave homme soit indemnisé de son vin.

Tout le monde se mit à rire.

M. Blase, lui, ne riait point. Il fit verser le contenu du caisson au milieu de la table, et chacun fut étonné en voyant que tout était en pièces blanches.

– Et l'or ?... Il n'y a pas d'or ?...

– Mes amis, reprit tranquillement M. Blase, nous avons à nous partager dix mille francs.

– Dix mille francs ! Tonnerre de Dieu ! C'était Prieur qui jurait ; et de rage, il donna un tel coup de trident à terre, que le trident resta fiché.

Un homme terrible, ce Prieur ! un maître homme ! Il était *boutassié-destrégreyré* de son état, c'est-à-dire qu'il passait le marc de raisin au pressoir après la vendange, et qu'il transportait sur le dos, dans une outre, le vin d'une cave à l'autre. Je ne sais si les boutassié-destrégneyré existent encore, mais ils constituaient alors une puissante corporation ; et celui qui pouvait léguer à son fils l'outre de peau de bouc et le privilège, à sa fille une *corne* ou une *demi-corne*, c'est-à-dire la moitié ou le quart de la propriété d'un pressoir, passait pour riche homme à Bourg-Reynaud et à la Coste, dans les quartiers paysans. De plus, comme tous ses confrères, avant que la Révolution eût fermé les lieux saints, il était prieur de l'Assomption, portant le costume de pénitent bleu, avec le banc à la grand-porte de l'église, le droit d'y vendre des galettes à l'huile, bénites à l'autel, et de faire, moyennant six liards, à la procession, passer les enfants pour qu'ils grandissent, sous le brancard de la sainte Vierge, orné de fleurs et de fruits nouveaux. Cela rendait gros, et la suppression de ce revenu l'avait plus que tout rendu enragé contre la République.

Mais, cette fois, ce n'est pas à la République qu'il en avait.

– Dix mille francs ! hurlait-il en faisant tressauter la table à coups de poing, dix mille francs quand on nous en avait promis cent mille ! Les chefs nous vendent et nous volent, demain je me fais jacobin. Mais on connaît le jeu maintenant : le trésorier de Gap est votre complice, monsieur Blase. Vous lui avez écrit : Gardez le gros morceau à l'abri chez vous, ne l'exposez pas sur les grandes routes. Dix mille francs dans le fourgon, dix mille francs en pièces de cinq sous suffisent. La caisse enlevée, le gouvernement croira qu'on a enlevé cent mille francs. Nous nous partagerons le reste. Et les imbéciles qui auront fait le coup, s'ils ne sont pas contents, se garderont bien d'aller se plaindre.

La maison tremblait, M. Blase était blême.

– Allons, c'est bon, dit Le Prieur, on règlera ce compte plus tard ; empochons ! Il s'agit pour le quart d'heure de filer avant que les gendarmes nous cueillent.

– Cinq cents francs par part ! reprit M. Blase de sa voix morte.

– Cinq cents francs !

Le Prieur allait éclater encore, il se contint. Tout le monde d'ailleurs comprenait qu'il avait raison ; et, la première fièvre passée, regardant ce petit tas d'argent pour lequel on avait rougi les cailloux du Vançon et tué des hommes, réfléchissant aux enfants, aux femmes laissées là-bas, aux gendarmes embusqués peut-être à la poterne de la ville, chacun regrettait l'aventure et se sentait grandement inquiet.

Aussi, une fois le partage fait et tandis qu'on prenait ses parts en silence, quelqu'un ayant du dehors frappé à la porte, il n'y eut personne qui ne pâlît. Tout petit que j'étais, la même idée me vint qu'aux autres, et je me dis : – Voici les soldats !

VI

« Ce n'était qu'une vieille femme. Elle raconta qu'en train de ramasser de la litière, elle venait de voir, assis par terre, un jeune homme qui perdait son sang. Il s'appelait M. César. En effet, à quelque cent pas de la maison, nous trouvâmes M. César couché sur le revers d'un de ces longs fossés qu'on trace à demeure dans les bois pour que le vent d'automne y entasse les feuilles tombées. Il avait la cuisse cassée d'une balle, le sang d'un coup de sabre lui coulait sur les yeux. – Vite, une litière ! s'écria le frère de M. César ; mais Le Prieur dit : – Pas la peine ! Alors tout le monde s'entre-regarda, et je compris que quelque chose de terrible allait se passer. – Va-t'en, petit ! Je me cachai derrière un buisson et j'entendis toute la dispute.

– Assez de sang, laissons-le vivre, on le cachera, disait M. Blase ; et Le Prieur, toujours en colère, gardant toujours sur le foie la rancune de ses cinq cents francs, répondait :

– Le cacher, lui blessé, quand les bien portants se cachent à peine ; laisser un blessé par chemins quand la force armée est en campagne, quand un mot, un seul mot peut, pour cinq cents malheureux francs, nous mener tous à la guillotine ? Non ! les morts seuls ne parlent pas.

Et comme M. Blase insistait :

– Assez, fit l'enragé d'un ton bourru, je n'en veux pas à M. César, mais un homme vaut un homme, et l'on n'y mit pas tant de façons l'an passé pour achever Peyré-Toni, mon vieil ami, à l'attaque du pont de Trébaste. Et jetant son trident pour prendre le fusil des mains d'un bourgeois qui était près de lui, il ajouta :

– Faisons ce qui a été juré !

Ce qui avait été juré, on le jurait presque toujours avant les expéditions de grand-route, dans ce temps de la désolation : c'était de considérer tout blessé comme mort et de lui donner le coup de grâce pour ne point se trahir en le laissant derrière.

M. César se vit perdu : – Frère, embrasse-moi ; tu raconteras chez nous que j'ai été tué par les bleus. Puis, entendant qu'on apprêtait les armes, il dit : – J'aimerais mieux être debout. Alors on le prit par les bras et on le mit droit contre un arbre. Il regarda un moment tout autour de lui, les bois, les champs, le ciel, comme s'il voulait bien se rappeler les choses de ce monde dans l'autre. M'ayant aperçu il m'appela, me donna sa gourde et dit encore : – Je veux que ma part soit pour le petit. Puis, jetant un brin de marjolaine qu'il mâchait : – Allons, faites ! Je m'enfuis en courant ; le frère qu'on tenait criait : – Tuez-moi aussi ; tuez-moi ! Les femmes se tordaient les bras aux fenêtres de la maison.

Certes ! parmi les gens qui étaient là, beaucoup aimaient M. César ; mais sur le moment, chacun ne songeait qu'à sa peau. – En joue ! – Vive le roi ! – Feu ! Quand je revins, tout le monde était parti ; tridents et fusils descendaient rapidement la montagne, et je trouvai mon père seul auprès du corps de M. César qui était tombé en avant, les bras en croix, le nez dans la terre.

On le laissa au fond du fossé, caché parmi les feuilles. Le surlendemain seulement nous nous décidâmes à aller le chercher la nuit, avec des lanternes, pour l'enterrer sous ce *clapas*... Voilà l'histoire ! »

Le conteur s'était tu.

Impressionné du sauvage récit, je regardais le tas de cailloux bruns tachés d'ocre sanglante qui se dressait au soleil couchant comme un effrayant tumulus. Le vieil Estève, ramassant de ses mains de quatre-vingts ans une motte pour rabattre les brebis prêtes à s'égarer dans le blé vert, répéta : « ... tombé en avant, les bras en croix, le nez dans la terre. » Puis il ajouta après un silence : « Les révolutions, c'est terrible ; et la peur rend les hommes pires que les loups ! »

Curo-Biasso

De maître, *Curo-Biasso* n'en avait jamais eu qu'un : le vieux Safurian, dit *Cinq-hommes*, braconnier de son état et tailleur de pierres à ses moments perdus, qui tous les jours, pendant deux ans, l'emmena battre les bois et les ravines, lui apprenant également à flairer le gendarme et la perdrix.

Une nuit, on assassina un brigadier. Cinq-hommes, qui craignait les méchantes langues, s'en alla en Piémont par le chemin des montagnes, et sa femme, presque sa veuve, vendit Curo-Biasso au sergent-major d'un détachement qui passait.

Mais au bout de trois semaines la brave bête s'en revenait, maigre, traînant au cou un morceau de chaîne... La vie de caserne, apparemment, ne lui avait pas convenu.

Ce qu'il lui fallait, à lui, c'étaient les joies de la chasse et de l'affût, la vie en plein soleil le long des torrents clairs et des côtes sèches parfumées de marjolaine, c'était l'odeur de l'herbe, l'odeur de la piste, les fontaines froides qu'on lape, la grappe gonflée dont on s'inonde la gueule, entre deux lignes de vigne, sans s'arrêter de courir ni d'aboyer ; c'était le gibier forcé, déchiré, avec du sang et du poil aux babines ; puis le repos à l'ombre, les bonnes heures de paresse, le sommeil sous les étoiles et le réveil matinal, à la fraîcheur, quand la caille chante, quand les oisillons vont boire, et que le lièvre, se secouant, lève les oreilles hors du gîte, au ras de l'herbe mouillée de rosée.

Quelques amis du vieux Cinq-hommes (les braconniers, Dieu merci ! ne manquent pas chez nous) firent des avances à Curo-Biasso ; mais depuis son voyage, notre déserteur tenait l'homme en défiance, se rappelant avoir été attaché. Tout compte fait, il préféra se passer de maître pour vivre seul, sans collier, à la barbe des forestiers et des gendarmes, aussi libre au milieu de ses champs et de ses bois que les chiens musulmans dans les ruelles de Constantinople.

Où dormait-il ?... on l'ignore. Il devait, j'imagine, varier ses gîtes, couchant au bel air l'été, et l'hiver sous un hangar de ferme ou bien dans ces cabanettes ouvertes, en pierre sèche, que bâtissent les gens de campagne pour s'abriter de la pluie.

Curo-Biasso, c'est-à-dire *Vide-Bissac* (on l'avait surnommé ainsi à cause de ses fredaines), fut bien vite devenu la terreur des paysans. Tandis qu'ils étaient au travail, en train d'arracher la garance ou de faire feu de leurs outils sur les cailloux d'une olivette, que de fois n'avait-on pas vu Curo-Biasso flairant le sol et le vent, se raser comme un chat, glisser le long d'un mur, entre deux sillons, et arriver ainsi jusqu'au bissac jeté derrière le travailleur, dans l'herbe ou sur les mottes.

Les paysans riaient tous les premiers de trouver ainsi leur goûter envolé : – « Encore un tour de Curo-Biasso, disaient-ils, c'est un maître chien !... il vit tout seul comme l'ermite de Lure... » Et ils se contentaient, une autre fois, de suspendre leur bissac à une branche de figuier. Mais Curo-Biasso, alors se dressait sur ses pattes de derrière et sautait après le bissac comme le renard des fables devant sa treille.

Ajoutons, à l'honneur de Curo-Biasso, qu'il faisait ce métier seulement au gros de l'été, quand la terre brûle et que la piste est sans odeur. Les Peaux-Rouges volent bien, eux aussi, lorsque la chasse ne les nourrit plus !

Avant tout, Curo-Biasso était un chasseur incomparable, fin comme l'ambre et d'un tel nez que, disait-on, rien qu'à flairer l'eau d'une source, il devinait le soir quel oiseau y avait bu le matin. Personne mieux que lui ne découvrait où gîte le lièvre, où loge la caille, où s'éveille la perdrix ; quant aux lapins, il savait par cœur leurs moindres terriers, les chemins qu'ils se font dans l'herbe, et aussi les ronds de terre piétinée, parsemée de petites crottes, où ils vont, ces graves animaux, assis sur la queue et remuant le nez, tenir leurs conférences au clair de lune.

Curo-Biasso devint légendaire ; on racontait sur lui des choses étonnantes : que les loups étaient ses amis, et que souvent il s'associait avec le renard pour courir un lièvre sur la neige. Les gardes, il les reconnaissait d'une lieue, se fussent-ils déguisés en évêque avec la crosse et la mitre !

Le plus souvent, Curo-Biasso battait les bois pour son compte.

Quelquefois aussi un chasseur, immobile, le fusil entre les jambes, écoutant ses deux chiens donner de la voix à un quart de lieue, entendait tout à coup trois chiens au lieu de deux. C'était Curo-Biasso qui, rôdant par là, venait de se mettre de la partie, pour le plaisir de chasser en société.

Car, par un souvenir de sa vie d'autrefois, Curo-Biasso aimait toujours l'odeur de la poudre.

Nous nous en allions un jour, mon père et moi, le long de la Durance, large en cet endroit autant que la Seine à Paris, courante à faire peur et froide comme une eau de neige… Léda, notre chienne, venait d'être mordue au nez par une vipère, en quêtant sous un genévrier, et bien qu'immédiatement frictionnée d'alcali, elle avait la tête lourde, le regard malade ; je la menais tristement en laisse au bout de mon mouchoir ; mon père, de fort méchante humeur à cause de la journée perdue, marchait devant, son fusil en bandoulière. Tout à coup je l'entendis crier : « Curo-Biasso !... hé !... Curo-Bias-so ! »

Sur l'autre rive, Curo-Biasso, en train de chasser comme nous, s'était arrêté pour boire, et lapait une petite mare d'eau claire au milieu des osiers et des galets.

« Curo-Biasso !... Curo-Biasso ! »

Mon père aurait bien voulu continuer sa chasse avec lui.

Mais Curo-Biasso buvait toujours, et paraissait s'inquiéter de nous autant que d'une belle paire de gendarmes.

– Attends un peu, fait mon père en épaulant son fusil pour tirer en l'air...

Le coup part. Curo-Biasso dresse l'oreille, il voit la fumée, il flaire la poudre, et le voilà qui saute à l'eau comme un perdu, le voilà nageant, le museau levé, à travers le courant froid qui l'entraîne, et gambadant de joie à nos pieds sur le sable tout inondé.

Le pacte était fait : Curo-Biasso ne nous quitta plus de tout le jour ; il nous fit encore tuer deux pièces ; et voulut bien partager notre goûter sous un arbre. Le soir, une fois la chasse finie, il nous accompagna quelque temps du côté de la ville ; mais du plus loin qu'il aperçut des maisons, il nous laissa.

Et n'allez pas croire que notre héros eût cette mine craintive et malheureuse des chiens errants qu'on traque de partout. Superbe, net et luisant, il devait, étant devenu un peu bête fauve, se lécher tous les matins du bout du nez au bout de la queue ; ce vagabond-là aurait fait honte au chien de riche le mieux soigné. Seulement, à force de courir dans les mottes sèches, l'herbe et les pierrailles, il finit par avoir le poil des pattes couleur d'amadou, comme un lièvre.

Malgré les gardes et les gendarmes, Curo-Biasso vivrait peut-être encore ; mais, ainsi qu'il convient à un héros, Curo-Biasso devait être vaincu par l'amour.

Un soir de juin, il s'en venait, longeant l'ombre des murs, par le chemin de Clarescombes. Or, en passant devant une habitation moitié ferme, moitié château, il aperçut dans un coin de la cour, au dernier soleil, sa tête fine posée sur ses pattes étendues, une chienne de race qui rêvait.

Curo-Biasso, à l'ordinaire, se tenait loin de l'habitation des hommes ; cette fois, il passa la grille fièrement.

Curo-Biasso ne déplut point trop. La chienne se leva, secoua sa fourrure blanche, s'étira un moment, toute droite, sur ses pattes couleur de feu ; puis, faisant un grand saut, elle vint frotter son museau rose sur l'échine du coureur de bois.

Un instant de plus, et il y avait mésalliance.

Le maître, en train de dévisser un Lefaucheux, descendit du perron pour chasser la bête plébéienne qui voulait encanailler son chenil... Curo-Biasso s'en alla, mais en montrant les dents. La chienne eut peur, les pintades s'enfuirent, et le paon qui du haut d'un mur regardait le soleil se coucher, s'abattit lourdement sur les tuiles d'un hangar.

Curo-Biasso revint le lendemain à la même heure ; il trouva la grille de la cour fermée et ne put caresser son amie qu'à travers les barreaux.

Il revint encore le surlendemain, puis le jour qui suivit, et ainsi pendant une semaine. Il maigrissait, il ne prenait plus goût à la chasse, c'était une pitié de le voir.

Il finit même par ne plus quitter les environs de la ferme.

Mais la patricienne avait compris : un matin elle brisa sa laisse, franchit la grille et vint trouver sur le chemin Curo-Biasso qui l'attendait. Tous deux s'enfuirent côte à côte vers le bois en se mordant au museau.

On ne les revit pas de toute la sainte journée...

Le soir, à la nuit tombante, ils s'en revenaient ensemble du côté de la ferme, Curo-Biasso fièrement, l'autre un peu honteuse, quand tout à coup, vers l'entrée du bois :

– À vous, garde ! les voilà ! ...

Un coup de feu... Curo-Biasso tombe.

– Il en a, dit le garde, en sortant du fourré son fusil déchargé à la main.

La chienne, toute tremblante, léchait le sang qui coulait sur le pelage fauve de Curo-Biasso.

– Ici, Diane ! cria le maître...

Et c'est ainsi que pour avoir aimé, Curo-Biasso mourut un soir, au coin d'un bois, sur la mousse et l'herbe, ouvrant encore l'œil avant d'expirer aux cris plaintifs de Diane, sa belle maîtresse, qu'on battait.

Le bon tour d'un saint

Ceci sera donc l'aventure du Diable et du Saint, aventure aussi admirable que véridique, par laquelle il est parfaitement prouvé que l'esprit jésuitique existait sur terre des siècles avant Loyola, et qu'il en cuisit toujours même aux diables du plus fin poil de s'en fier à la parole des gens d'église.

Je vous la raconterai simplement, telle qu'elle m'a été racontée, il n'a pas plus de huit jours, par un vieux pâtre en manteau couleur d'amadou qui, tandis que ses chèvres paissaient, s'était étendu au grand soleil et prenait le frais à la provençale.

– « En ce temps-là, me dit le vieux pâtre, le Diable et le Saint, chacun de son côté, prêchaient dans les Alpes. Il est bon de savoir qu'en ce temps-là les Alpes valaient la peine qu'on y prêchât. Les torrents n'avaient pas encore emporté toute la bonne terre en Provence, ne laissant aux pauvres gens d'ici que le roc blanc et les cailloux ; les montagnes, décharnées maintenant, s'arrondissaient pleines et grasses ; des bois verdoyaient sur les cimes, et les sources coulaient partout. En si beau pays, le Diable et le Saint faisaient assez bien leurs affaires ; ils convertissaient d'ici, de là, l'un pour le Paradis, l'autre pour l'Enfer ; le Saint enseignait tout ce qu'il savait, c'est-à-dire le chemin du ciel, un peu de latin et de prières ; le Diable apprenait aux gens à s'occuper plutôt des biens terrestres, à bâtir des maisons, faire des enfants, semer le blé et planter la vigne. Bons amis, d'ailleurs, ne s'en voulant pas trop pour la concurrence (le Diable du moins le croyait !) et s'arrêtant volontiers au détour d'un chemin pour causer un instant et se passer la gourde.

Certain jour, paraît-il, au soleil couchant, le Diable et le Saint se rencontrèrent à la place même où nous sommes : le Saint en costume de saint, crossé, mitré, nimbé, doré ; le Diable, noir et cuit à son habitude, cuit comme un épi, noir comme un grillon.

– Eh ! bonjour, Saint.

– Eh ! bonjour, Diable.

– On rentre donc ?

– C'est donc l'heure de la soupe ?

– Si on s'asseyait sur cette roche ? La vue de la vallée est belle, et la fraîcheur qui monte fait du bien.

Il y avait là un peu de mousse sèche, le Diable et le Saint s'assirent côte à côte, le Diable sans défiance et joyeux, car il avait fait bonne journée, le Saint tout dévoré de chrétienne jalousie, et jaune comme sa mitre d'or.

– Voyons, ça va-t-il ? dit le Diable.

– Ça ne va pas mal, ça ne va pas trop mal ! répondit le Saint. Les pauvres d'esprit deviennent rares, et il y a parfois des moments où, néanmoins, au bout de l'an, on se retrouve.

– Voilà qui fait plaisir ! allons, tant mieux !

– J'ai même trouvé moyen, ce mois dernier, de me bâtir une chapelle, petite il est vrai, mais c'est un commencement. Veux-tu que je te la montre ?

– Volontiers, si ce n'est pas loin.

Et les voilà partis tous deux, le Saint en tête, le Diable derrière, suivant les vallons, gravissant les pentes, dans les grands buis, dans les lavandes, montant sans cesse, montant toujours.

– Mais c'est au ciel que tu demeures ?

– Non, c'est simplement au haut de la montagne. La place est bonne ; on aperçoit le clocher de loin, et, quand je donne ma bénédiction, vingt lieues de pays tout au moins en attrapent les éclaboussures.

Enfin ils arrivent à la chapelle.

– Joli ! très joli ! dit le Diable en regardant par le trou de la serrure, car l'eau bénite l'empêchait d'entrer ; les bancs sont neufs, les murailles blanchies à la chaux, ton portrait sur l'autel me semble d'un effet magnifique : je te fais mon sincère compliment.

– Tu dis ça d'un ton !

– De quel ton veux-tu que je le dise ?

– C'est donc mieux, chez toi ?

– Un peu plus grand, mais voilà tout.

– Allons-y voir, répondit le Saint.

– Allons-y ! répondit le Diable, mais à une petite condition : c'est qu'une fois dedans tu ne feras pas de signe de croix ; vos sacrés signes de croix portent malheur aux bâtisses les mieux construites.

– Je te le promets.

– Ça ne suffit pas, jure-le moi !

– Je te le jure ! dit le Saint qui avait déjà son idée.

Aussitôt un char de feu parut, et tous deux, si vite, si vite, qu'ils n'eurent pas le temps de voir le chemin, se trouvèrent transportés dans le plus magnifique palais du monde. Des colonnes en marbre blanc, des voûtes à perte de vue, des jets d'eau qui dansaient, des lustres, des murs en argent et en or, un pavé en rubis et en diamant, tous les trésors de dessous terre.

– Eh bien ? demanda le Diable.

– C'est beau, très beau ! murmura le Saint devenu vert ; c'est beau d'ici, c'est beau de là, c'est beau à gauche, c'est beau à droite.

En disant cela, le Saint montrait du doigt les quatre coins de l'édifice. Ainsi sans manquer à son serment, il avait fait le signe de croix. Aussitôt, les colonnes se rompirent, les voûtes s'effondrèrent ; le Saint, qui avait eu soin de se tenir près de la porte, n'eut pas de mal ; et le Diable, pincé sous les décombres, se trouva encore trop heureux de reprendre, pour se sauver à travers les pierres, son ancienne forme de serpent. »

– « Mais votre saint est un pur jésuite ! », m'écriai-je.

– « Les deux chapelles, celle du Diable et celle du Saint, sont encore là-bas, on peut les voir », conclut le vieux pâtre sans avoir l'air de m'avoir entendu, et il me montrait sur le flanc du roc une chapelle rustique construite à l'entrée d'une grotte que j'avais visitée avant d'en connaître la légende, et qui, avec ses parois étincelantes de cristaux, sa voûte à jour, ses couloirs obstrués, ses rangées de blanches stalactites, peut donner en effet l'idée d'un palais féerique écroulé.

Il y avait autrefois à Entrepierres, pays rocailleux comme le nom l'indique, un paysan qui possédait si peu, si peu, que ce n'était vraiment pas la peine.

Pour tout avoir, un coin de terre très en pente avec moins de terre que de cailloux ; pour demeure, une masure en ruines ; pour amis, une chèvre et un âne qui faisaient leur bergerie et leur étable de l'unique pièce du logis.

La masure, tant bien que mal, parait de la pluie ; le coin de terre, quand Dieu ne le grêlait point, donnait au bout de l'an quelques épis maigres, juste assez pour vivre ; la chèvre, après avoir tout le jour couru au travers des lavandes, rapportait à la nuit en moyenne un litre de lait ; et si le pauvre homme (cela lui arrivait une fois par mois !) avait envie de se régaler d'un coup de vin, il s'en allait dans la montagne, coupait douze fagots de genêt vert, les chargeait sur l'âne et descendait les vendre à la ville, où les douze fagots rendaient vingt-quatre sous. Ce qui fait que, le soir, l'âne le ramerait vaguement gris, brimbalant au roulis du bât, mais joyeux et plein de courage pour boire de l'eau le restant des quatre semaines.

Ce pauvre homme se trouvait heureux, et n'enviait le bien de personne. Seulement, il avait des idées à lui et n'entrait jamais dans les églises. On l'accusait d'avoir dit un jour, au grand scandale de ceux qui l'entendirent : « Le bon Dieu, le voilà ! » en montrant le soleil. Depuis, les dévotes racontaient qu'il avait vendu son âme au diable, n'attendant pas même, selon l'usage, l'heure d'agonie pour opérer la livraison ; et tout le monde dans le pays l'appelait *le Sans-Âme*, sobriquet qui d'ailleurs ne le fâchait point !

Une après-midi, Sans-Âme s'en revenait de son expédition mensuelle à la ville, jambe de çà, jambe de là, sur sa monture, fier comme un artaban, et fort peu taquiné de n'avoir plus son âme à lui.

C'était la fête du village. La procession qui descendait et le Sans-Âme qui montait se rencontrèrent. Comme le chemin se trouvait étroit, entre un grand rocher gris et un torrent qui roulait au bas du talus des flots d'eau claire, Sans-Âme fit ranger son âne pour laisser passer. Malheureusement Sans-Âme ne salua point, moins par malice que par habitude. Les paysans de là-bas disent volontiers

« bonjour » mais ne saluent guère. Le curé fend les rangs, rouge dans son surplis comme un bouquet de pivoines dans le papier blanc d'un cornet, et, d'un revers de main, jette à l'eau le chapeau de Sans-Âme. Un chapeau tout neuf, mes amis ! (Sans-Âme, pour l'acheter, s'était précisément ce jour-là privé de boire ses fagots), un chapeau en feutre collé, dur comme un silex et solide à porter le poids d'une charrette.

Qui peut dire les émotions de Sans-Âme ? Il vit, drame d'une seconde ! le chapeau flotter sur l'eau bouillonnante, tourbillonner, s'emplir, puis disparaître dans l'écume fouettée d'un remous. Le curé riait, Sans-Âme ne disait mot. Un instant il regarda la petite barrette à pompons que le curé portait sur sa tonsure ; mais cette tentation dura peu ; la barrette n'avait pas de visière ! Et Sans-Âme, tête nue, remonta chez lui, tandis que la procession descendait au village.

Le lendemain, les gens qui passèrent devant le petit champ de Sans-Âme crurent d'abord qu'un curé piochait. C'était le propriétaire lui-même en train de rustiquer au soleil sous un large couvre-chef ecclésiastique.

Le vieux Sans-Âme, homme de rancune, était allé tout simplement attendre le curé à la promenade : – « Pardon, excuse, monsieur le curé, vous m'avez noyé mon chapeau, il m'en faut un autre, donnez-moi le vôtre. » Le paysage était pittoresque, mais solitaire, et le curé avait donné son chapeau.

Les malins essayèrent bien de railler Sans-Âme sur l'extravagance de sa coiffure ; lui se déclara ravi de l'échange, affirmant que rien n'est commode comme un chapeau de curé, avec sa coiffe ronde et ses larges bords, pour garantir à la fois des rayons trop chauds et de la pluie.

La joie de Sans-Âme ne dura guère. Dès le surlendemain, le curé qui avait réfléchi, le sommait par huissier d'avoir à lui rendre le chapeau.

– « Pas du tout, dit Sans-Âme, on ira samedi prochain en justice, le chapeau est mien d'ici-là. »

Ce fut une fête à la ville quand, cinq jours après, Sans-Âme arriva, coiffé d'un chapeau de curé, avec ses fagots et son âne.

Sans-Âme vendit les fagots, but douze sous sur vingt-quatre, et puis se rendit au prétoire. – « Audience, chapeau bas ! » glapit l'huissier ; injonction superflue, au moins pour Sans-Âme, car, en apercevant le curé, son premier mouvement avait été de fourrer l'objet du litige sous la banquette.

Le juge de paix conclut à la conciliation : Sans-Âme avait eu tort, le curé aussi ; Sans-Âme rendrait le chapeau, et le curé lui en payerait un autre pareil à celui qu'il avait noyé. – « C'est juste », dit Sans-Âme en tendant au curé sa coiffure. Mais le curé recula d'horreur. On ne sait pas ce que huit jours de vie paysanne peuvent faire d'une coquette coiffure de curé. Hérissé, cabossé, souillé, rougi par le soleil, amolli par la pluie, et battant des ailes sous ses brides lâches comme un corbeau près d'expirer, le chapeau n'avait plus forme humaine. – « Puisqu'il ne le veut pas, je le garde ! » dit Sans-Âme ; et, fièrement, il remit sur sa tête ce chapeau maintenant bien à lui.

Dès lors, à ce que dit la légende, il ne se passa pas un jour sans que l'heureux paysan ressentit les effets miraculeux de la sacro-sainte coiffure. Le ciel fut dupe ; et, trompée sans doute par le vieux emblème qu'elle ne pouvait d'ailleurs apercevoir que par en haut, la Providence semblait se plaire à faire pleuvoir sur l'intrigant qui s'en parait la rosée de ses bénédictions. Un orage ravageait-il le pays, il épargnait le champ de Sans-Âme. Sans-Âme engrangeait tous les ans double récolte. Sans-Âme faisait des héritages. Sans compter que, son procès l'ayant rendu populaire, les ménagères ne voulaient plus d'autres fagots que les siens, ce qui l'obligeait à aller se griser deux fois par semaine à la ville au lieu d'y aller une fois par mois.

Enfin, toujours couvert de son chapeau dont il ne voulut pas se séparer un seul instant au cours d'une vie qui fut longue, Sans-Âme s'éteignit doucement entre sa chèvre et son âne, riche, honoré, rempli de jours et obstinément béni du ciel sans avoir jamais consenti à se réconcilier avec l'Église.

De là le proverbe si connu là-bas :

« C'est la religion de Sans-Âme qui faisait la nique au bon Dieu dessous un chapeau de curé. »

Les abeilles de M. le curé

Le délicieux jardin que le jardin du curé chez qui, encore au collège et tout petit, on m'avait envoyé passer les vacances ! Les beaux carrés de choux, les belles rangées de salades en bordure, et comme tout cela était bien entretenu, pioché, biné, sarclé, ratissé, et arrosé matin et soir, avant et après le soleil, à l'eau courante d'une vieille fontaine encroûtée de tuf, verte de mousse et de cresson, d'où s'échappaient par mille trous des filets de cristal et de chantantes cascatelles. C'était Sarrassin le fossoyeur qui faisait l'office de jardinier. Cette idée d'abord m'offusquait. Je trouvais que l'herbe sentait le mort et que les groseilles avaient un goût de cimetière. Peu à peu cependant, je m'y habituai ; d'ailleurs, on mourait rarement au village, et l'ami Sarrasin, comme lui-même le disait, était un peu fossoyeur pour rire.

En haut du jardin, derrière la fontaine, se trouvait un endroit solitaire où M. le curé passait tous les instants que son saint ministère lui laissait. Le bréviaire dépêché, la messe dite sur le pouce, il accourait là ; et je le voyais de loin, seul avec le fossoyeur, pendant de longues heures, s'agiter, tempêter et faire de grands gestes.

On m'avait défendu d'approcher. « M. le curé ne veut pas, me disait Sarrasin ; ce sont les ruches ! » Et, en effet, ces ruches mystérieuses remplissaient le jardin d'abeilles bourdonnantes qui se roulaient tout le long du jour, ivres de pollen, dans le calice des passe-roses.

Mais pourquoi m'empêchait-on de les voir, ces ruches ? À quels travaux d'alchimie les abeilles travaillaient-elles en compagnie d'un fossoyeur et d'un curé ?

Une après-midi, je n'y tins plus. M. le curé et Sarrasin étaient allés quelque part enterrer une vieille femme. Demeuré seul, je me dirigeai, le cœur palpitant, vers l'endroit interdit, derrière la fontaine. C'était un bout de terrain caillouteux et sec, planté de romarin, de lavande et de toutes sortes de plantes grises qui craquaient sous le pied et sentaient bon. Un nuage serré d'abeilles, tournant dans le soleil et luisant comme l'or, m'indiqua le coin où se trouvaient les ruches. Car, Sarrasin n'avait pas menti, c'étaient bien des ruches, mais quelles ruches ! Elles ne ressemblaient ni aux élégantes maisonnettes coiffées d'un léger faîtage en paille qu'habitent les abeilles bourgeoises, ni au tronçon d'arbre creux avec une tuile cassée pour toit, domicile habituel des essaims rustiques. Figurez-vous un alignement de boîtes bizarres ne tenant debout qu'à force d'étais et par un miracle d'équilibre, boîtes longues, boîtes bossues, boîtes ayant des becs et des bras avec un vague aspect de bêtes monstrueuses. Ces boîtes étaient percées de trous par où les abeilles entraient et sortaient aussi tranquillement que s'il se fût agi de ruches ordinaires. Mais cela ne me rassura point, et je me sauvai bien vite dans le paisible jardin aux légumes, rêvant du « Grand Albert », et parfaitement persuadé que le curé et son fossoyeur se livraient journellement à toutes sortes d'incantations et manigances diaboliques. Le soir, les vacances finissaient, et l'on me ramenait à la ville.

J'avais presque oublié cette histoire. Parfois même, y songeant, je me demandais si mon cerveau d'enfant, halluciné par une après-midi de solitude et de grand soleil, ne l'avait pas un peu rêvée. Dix ans plus tard, un hasard de promenade me ramena dans le village. Je trouvai le curé cassé et vieilli. Le fossoyeur était mort ; mais le petit jardin, envahi par les herbes et presque retourné à l'état sauvage, m'apparut dès la porte tout bourdonnant d'abeilles comme jadis. Cela me rappela mon aventure, et je résolus d'avoir le cœur net cette fois. Interrogé, le vieux curé se mit à rire, et voulut bien me montrer ses ruches. C'était bien, derrière la fontaine, le même triste bout de lande semé d'herbes grises et de cailloux, et c'étaient bien les mêmes étranges ruches que mes yeux d'enfant avaient vues.

Le curé me dit : – « C'est une idée à moi, il y a vingt ans que j'y travaille ; elle m'a coûté pas mal d'argent et donné pas mal de tracas, mais je touche à la réussite. » Et savez-vous à quoi le bonhomme travaillait, ce qui lui avait fait les cheveux blancs avant l'âge ? Je vous le donne en cent, je vous le donne en mille... Il travaillait à faire écrire ses abeilles. Oui, à leur faire écrire : *Vive l'empereur !* en lettres de miel. Il me montra une de ses ruches, car il en avait de rechange. C'était comme un gigantesque moule à biscuit, avec la forme et les proportions d'une lettre d'enseigne. On laissait les abeilles faire leur gâteau là-dedans, et le gâteau, une fois le moule ouvert, se trouvait être un *V* ou un *R*. Et c'est pour cela que les buveuses de rosée du poète avaient, vingt ans durant, parcouru les coteaux pierreux et la vallée verte, se gorgeant de pollen doré et recueillant l'ambre liquide ! Ah ! si les abeilles avaient su !... Seulement les abeilles ne savaient pas.

Le curé, qui, en sa qualité de curé, ne manquait pas de quelque ambition, nourrissait à propos de ce qu'il appelait son idée, les espérances les plus chimériques. Une fois les treize lettres bien au complet, il les clouait – rousses comme le soleil, et toutes brodées de fines cellules hexagonales – sur une grande planche taillée en fronton d'arc-en-triomphe, il exposait son chef-d'œuvre à Paris, et l'empereur ne pouvait faire moins que de lui accorder la croix et le canonicat honoraire.

Mais que de tracas pour arriver à ce résultat ! Ces diablesses d'abeilles sont capricieuses. Certaines lettres leur déplaisaient sans qu'on pût savoir pourquoi. Et le fait est qu'habitant une *S* ou un *T* elles pouvaient trouver étranges ces demeures tortueuses et biscornues. Et puis d'autres inconvénients : le *V* de *Vive* se gâtait et coulait déjà, tandis que l'*r* d'*empereur* commençait à se remplir à peine. Enfin on était arrivé, les treize lettres marchaient de front, et le bon inventeur ayant un essaim de reste, songeait déjà à se payer un point d'exclamation supplémentaire.

Un mois plus tard l'empire s'écroulait à Sedan, et la République était proclamée.

– « Comment faire ? disait le curé. Donner d'autres lettres à mes abeilles... Hélas ! *Vive la République !* c'est bien long, et puis Monseigneur ne permettrait pas.

Les saules de M. Sénez

M. Sénez aime la nature.

Vers la fin de l'hiver dernier, ayant appris que j'habitais, au pied des Alpes, une bourgade perdue, dans les torrents, les rochers et la lavande, M. Sénez débarqua chez moi un beau matin en costume pastoral, par le petit coupé à deux places qui fait le service d'Avignon.

Avec son chapeau rustique et son sac de nuit, M. Sénez apportait, réglé d'avance, un idéal de campagne. Il voulait simpleent, me dit-il, une maisonnette au regard du soleil couchant, précédée d'un bassin où tremperaient deux saules pleureurs et où chanterait une grenouille.

M. Sénez ne chercha pas longtemps son idéal ; il l'avait trouvé le soir même.

Figurez-vous une de ces petites maisons cubiques, blanchies à la chaux et entourées d'un mur de pierres sèches, où les bons Provençaux, qui sont de la nature des cigales, vont par bandes, le dimanche, se réjouir à l'ombre d'un pin ou d'un olivier, ombre aussi claire, d'aussi fine trame et aussi percée de trous ensoleillés que le manteau du philosophe Antisthène. Tout semblait nu et froid encore à cause de la saison ; mais grâce à ma double vue de Provençal et de poète, je vis le bastidon tel qu'il serait un mois plus tard, et je sentis passer dans l'air comme un parfum de vin muscat, d'aïoli et d'escargots de vigne.

Autres étaient les impressions de M. Sénez.

Ce qui du premier coup l'avait séduit là-dedans, ce que sa vive imagination se représentait par avance, ce n'étaient pas le mur blanc, les cigales, l'herbe brûlée, l'ombre noire des artichauts projetant en ligne sur le sol leurs fruits de forme classique pareils au thyrse de Bacchus et leurs larges et belles feuilles contournées comme des acanthes, rien enfin de cet assoupissant poème de la chaleur et de l'été, avec les ortolans qui chantent, les blés trop mûrs qui se froissent bruyamment et les grands chemins qui poudroient ; ce que voyait M. Sénez, ce qui seul le faisait rêver, c'était une chose si ridiculement attendrissante en pareil endroit, que d'abord je ne l'avais pas aperçue : le bassin ! un bassin rond grand comme la main, bordé de buis, épais de mousse, égayé d'un mince jet d'eau qui sautait de côté à un pied en l'air avec de petits mouvements asthmatiques, et ombragé en espérance par deux saules, manches à balai jaunes pour le quart d'heure, mais qui promettaient d'être, la saison aidant, de magnifiques saules pleureurs.

– Il y a une grenouille ! me disait M. Sénez ravi.

– Elle doit se trouver bien malheureuse.

– Ne plaisantons pas. Et les saules ? Savez-vous seulement combien c'est joli les saules qui poussent ? les saules pleureurs, bien entendu ! D'abord, tout autour des rameaux, commence à flotter une verdure tendre, un nuage, un brouillard, une fumée de verdure, comme si on les avait très légèrement poudrés d'or vert. Ils vous ont un parfum de miel, avec cela ! Puis la verdure croît, les longues feuilles déroulées retombent au bout des longues branches, descendant un peu chaque jour, jusqu'à ce que leur bout fin trempe dans l'eau et se soude à son propre reflet. Inextricable labyrinthe où se confondent le bleu du ciel et les éclairs de l'eau, les mousses et les rayons, les vrais saules et leurs images.

M. Sénez était fou de ses saules.

Pendant quinze jours il ne les quitta pas, perdant le boire et le manger, épiant l'apparition du premier bourgeon avec une joyeuse inquiétude.

– Mes saules poussent ! mes saules poussent ! disait-il tous les soirs quand il rentrait. Il se couchait de bonne heure pour rêver d'eux.

Puis un jour, subitement, M. Sénez devint sombre ; il ne parlait plus des saules, il ne voulait plus qu'on lui en parlât.

Et cependant, en plein mois de mars, devaient-ils avoir assez de feuilles !

Je flairais un drame dans ces saules ! Je voulus les voir de mes yeux ; sans avertir M. Sénez, je me rendis à la maisonnette.

Pauvre ami ! Pauvre M. Sénez ! Alors je compris ses tristesses. Le paysage idéal était là ; le soleil couchant se couchait ; la grenouille chantait sous le jet d'eau ; mais les saules, les fameux saules, qu'il avait rêvés échevelés et blonds comme une jeune fille d'Allemagne, les saules pleureurs, hélas ! ne pleuraient pas : horribles, hérissés, ils portaient fièrement la chevelure en broussaille du *salix vulgaris,* des simples saules, ces écoliers mal peignés de la végétation.

Ce fut navrant.

On m'a volé, disait M. Sénez ; la campagne n'a plus de charme pour moi ! Je partirai demain.

M. Sénez faisait déjà ses paquets.

Pourtant le lendemain M. Sénez ne partit pas, le surlendemain non plus, ni les jours suivants. Peu à peu sa joie lui revint il retourna au bastidon.

Une après-midi, plus joyeux encore qu'à l'ordinaire, mais joyeux de cette joie discrète des inventeurs qui ont trouvé :

– Venez avec moi, me dit-il mystérieusement, je veux vous montrer quelque chose.

Ce qu'il me montra, jamais je ne l'oublierai.

Au dessus du petit bassin, les deux saules, liés par la tête et rappelant dans cette attitude contrainte les combats de boucs et d'aegipans debout sur leurs pieds de derrière et se heurtant du front qui servent de culs-de-lampe aux belles éditions du dix-septième siècle, les deux saules, courbés, tordus, garrottés, dessinaient l'arc rêvé par M. Sénez, tandis que des ficelles supplémentaires tiraient en bas les maîtresses branches et les faisaient tremper dans l'eau.

Ô puissance de l'invention ! les saules mal peignées étaient devenus, par force, de superbes saules pleureurs, et M. Sénez, en possession de son idéal, pleurait de joie en regardant pleurer ses saules.